CW01638304

10
18

12, AVENUE D'ITALIE. PARIS XIIIe

Sur l'auteur

Toni Morrison est née en 1931 à Lorain (Ohio), dans une famille ouvrière de quatre enfants. Après *L'Œil le plus bleu*, elle publie en 1977 *Le Chant de Salomon*, couronné par le Grand Prix de la critique, qui remporte un énorme succès. Dix ans plus tard, elle reçoit le prix Pulitzer pour son cinquième roman : *Beloved*. Parce que « son art romanesque, caractérisé par une puissante imagination et une riche expressivité, brosse un tableau vivant d'une face essentielle de la réalité américaine », l'Académie de Stockholm lui a décerné le 7 octobre 1993, le prix Nobel de littérature. Aujourd'hui retraitée de l'université de Princeton, Toni Morrison a été faite docteur *honoris causa* par l'université de Paris VII. Après *Délivrances*, *L'Origine des autres*, un recueil des textes prononcés par l'auteur lors de prestigieuses conférences d'Harvard en 2016, a paru aux Éditions Christian Bourgois.

TONI MORRISON

L'ŒIL
LE PLUS BLEU

Traduit de l'anglais (États-Unis)
par Jean Guiloineau

10/18

CHRISTIAN BOURGOIS ÉDITEUR

Du même auteur
aux Éditions 10/18

Ouvrage précédemment paru
dans la collection « Domaine Étranger »
créée par Jean-Claude Zylberstein

Titre original :
The Bluest Eye

© Toni Morrison, 1970.
© Christian Bourgois Éditeur, 1994,
pour la traduction française.
ISBN 978-2-264-04799-1

Aux deux personnes qui m'ont donné la vie
A la personne qui m'a rendue libre

Voici la maison. Elle est verte et blanche. Elle a une porte rouge. Elle est très jolie. Voici la famille. Maman, papa, Dick et Jane habitent dans la maison verte et blanche. Ils sont très heureux. Voici Jane. Elle porte une robe rouge. Elle veut jouer. Qui jouera avec Jane? Voici le chat. Il fait miaou-miaou. Viens jouer. Viens jouer avec Jane. Le chat ne veut pas jouer. Voici maman. Maman est très belle. Maman, veux-tu jouer avec Jane? Maman rit. Ris, maman, ris. Voici papa. Il est grand et fort. Papa, veux-tu jouer avec Jane? Papa sourit. Souris, papa, souris. Voici le chien. Oua-oua, fait le chien. Veux-tu jouer avec Jane? Regardez, le chien court. Cours, chien, cours. Regardez, regardez. Voici un ami. L'ami va jouer avec Jane. Ils vont jouer à un jeu amusant. Joue, Jane, Jane.

Voici la maison elle est verte et blanche elle a une porte rouge elle est très jolie voici la famille maman papa dick et jane habitent dans la maison verte et blanche ils sont très heureux voici jane elle porte une robe rouge elle veut jouer qui jouera avec jane voici le chat il fait miaou-miaou viens jouer viens jouer avec jane voici maman maman est très belle mère veux-tu jouer avec jane maman rit ris maman ris voici papa il est grand et fort papa veux-tu jouer avec jane papa sourit souris père souris voici le chien oua-oua fait le chien veux-tu jouer avec jane regardez le chien court cours chien cours regardez regardez voici un ami l'ami va jouer avec jane ils vont jouer à un jeu amusant joue jane jane

voicilamaisonelleestverteetblancheelleaune porterougeelleesttrèsjolievoicilafamille mamanpapadicketjanehabitentdanslamaisonverte etblancheilssonttrèsheureuxvoicijaneelleporte unerobeоrougeelleveutjouerquijoueraavecjanevoici lechatilfaitmiaoumiaouviensjouerviensjoueravec janevoicimamanmamanesttrèsbellemamanveuxtu joueravecjanemamanritrismamanrisvoicipapail estgrandetfortpapaveuxtujoueravecjanepapa souritsourispapasourisvoicilechienouaouafait lechienveuxtujoueravecjaneregardezlechiense sauvesauve-toichiensauve-toiregardezregardez voiciunamil'amivajoueravecjaneilsvontjoueràun jeuamusantjouejanejane

Tranquille comme c'était, il ne poussa pas de marguerites à l'automne de 1941. A l'époque, nous avons pensé que c'était parce que Pecola allait avoir le bébé de son père, que les marguerites ne poussaient pas. Une petite vérification et beaucoup moins de mélancolie nous auraient montré que nos graines n'étaient pas les seules qui ne germaient pas; aucune graine ne germa cette année-là, il n'y avait même pas de marguerites dans les jardins au bord du lac. Mais nous étions tellement préoccupées par la santé et l'accouchement de Pecola que nous ne pensions qu'à notre propre magie : si nous semions les graines en disant les mots qui convenaient, elles fleuriraient et tout irait bien.

Il se passa beaucoup de temps avant que ma sœur et moi, nous admettions qu'aucune pousse verte ne sortirait de nos graines. A ce moment-là, notre sentiment de culpabilité ne fut soulagé que par des disputes et des accusations mutuelles pour savoir laquelle était responsable. Pendant des années, j'ai pensé que ma sœur avait raison : c'était de ma faute. J'avais trop enfoncé les graines dans la terre. Il ne nous est jamais venu à l'esprit que la terre elle-même avait peut-être été trop dure. Nous avions semé nos graines sur notre petit lopin de terre noire, comme le père de Pecola avait semé ses graines dans son petit lopin de terre noire. Notre innocence et notre foi n'étaient pas plus productives que la concupiscence ou le désespoir de son père. Ce qui est sûr aujourd'hui c'est que de tout cet espoir, cette peur, cette concupiscence, cet amour, et cette douleur, il ne reste que Pecola et la terre dure. Cholly Breedlove est mort; notre innocence aussi. Les graines se sont desséchées et sont mortes; son bébé aussi.

Il n'y a vraiment rien à ajouter – sauf Pourquoi. Mais comme le Pourquoi est difficile à expliquer, on doit se réfugier dans le Comment.

L'automne

Des bonnes sœurs passent aussi calmes que le désir, et des ivrognes et des yeux sobres chantent dans le hall d'entrée de l'hôtel Grec. Rosemary Villanucci, notre voisine et amie, qui habite au-dessus du café de son père, est assise dans une Buick de 1939 et mange une tartine de pain beurré. Elle baisse la vitre pour nous dire, à ma sœur Frieda et à moi, que nous ne pouvons pas monter dans la voiture. Nous la regardons avec de grands yeux, nous voulons son pain mais, plus encore, nous voulons lui crever les yeux pour en faire sortir cette arrogance, et nous voulons écraser cette fierté de propriétaire qui retrousse les coins de sa bouche qui mâche. Quand elle sortira de la voiture nous lui flanquerons une raclée, nous laisserons des marques rouges sur sa peau blanche et elle pleurera et elle nous demandera si nous voulons qu'elle baisse sa culotte. Nous dirons non. Nous ne savons pas ce que nous ressentirions ni ce que nous ferions si elle baissait sa culotte, mais à chaque fois qu'elle nous le demande, nous savons qu'elle nous offre quelque chose de précieux et que nous devons affirmer notre propre fierté en refusant d'accepter.

L'école a commencé et, à Frieda et à moi, on nous donne des bas marron tout neufs et de l'huile de foie de morue. Les adultes parlent d'une voix fatiguée et irritée de la Société minière Zick et ils nous emmènent le soir sur la voie de chemin de fer où nous remplissons des sacs de toile avec de minuscules morceaux de charbon éparpillés un peu partout. Ensuite, nous rentrons à la maison en nous retournant pour voir des wagons de scories, rouges et fumantes, qu'on déverse dans le fossé qui longe l'aciérie. Le feu en train de mourir éclaire le ciel d'une lueur terne et orange. Frieda et moi, nous traînons en arrière, nous regardons la tache de couleur entourée d'obscurité. Il est impossible de ne pas avoir un frisson quand nos pieds quittent le sentier de gravier et qu'ils s'enfoncent dans l'herbe sèche du champ.

Notre maison est vieille, froide et verte. Le soir, une lampe à pétrole éclaire une grande pièce. Les autres sont plongées dans l'obscurité, peuplées de cafards et de souris. Les adultes ne nous parlent pas – ils nous donnent des ordres ou des indications sans nous fournir d'explications. Si nous tombons en marchant, ils nous regardent ; si nous nous coupons ou si nous nous cognons, ils nous demandent si on n'est pas folles. Quand nous attrapons un rhume, ils secouent la tête, écœurés par notre négligence. Comment voulez-vous, nous demandent-ils, qu'on y arrive si vous êtes malades ? Nous ne savons pas quoi répondre. Ils traitent notre maladie avec du mépris, du Sirop Noir infect et de l'huile de ricin qui nous endort.

Un jour, après avoir été ramasser du charbon, je tousse une fois, bruyamment, les bronches déjà pleines, et ma mère fronce les sourcils. « Mon Dieu ! Va te coucher. Combien de fois il faudra te dire de te mettre quelque chose sur la tête ? Tu dois être la plus grande imbécile de la ville. Frieda. Va chercher des chiffons pour boucher la fenêtre. »

Frieda bouche une nouvelle fois la fenêtre. Je me

traîne péniblement vers mon lit, pleine de remords et en m'attendrissant sur mon sort. Je me couche avec mes sous-vêtements, le métal de mes jarretelles noires me fait mal aux jambes, mais je ne les enlève pas, car il fait trop froid sans bas. Mon corps met longtemps à réchauffer sa place dans le lit. Quand j'ai produit une silhouette de chaleur, je n'ose plus bouger, car il fait froid à quelques centimètres de chaque côté. Personne ne me parle ni ne me demande comment ça va. Une heure ou deux plus tard, ma mère vient. Elle a de grandes mains rêches, et quand elle me frictionne la poitrine avec de la pommade Vicks, je me raidis à cause de la douleur. Elle en prend sur deux doigts d'un seul coup et me masse la poitrine jusqu'à ce que je me sente mal. Juste au moment où je pense m'effondrer dans un cri, elle ramasse un peu de pommade sur son index et me la fourre dans la bouche en me disant d'avaler. On m'enveloppe le cou et la poitrine dans une flanelle chaude. On me couvre avec un lourd couvre-pieds et on me donne l'ordre de suer, ce que je fais – sans tarder.

Plus tard, je vomis et ma mère dit : « Pourquoi est-ce que tu dégobilles sur les couvertures ? Tu ne peux pas penser à mettre la tête hors du lit ? Regarde ce que tu as fait. Tu crois que je n'ai que ça à faire de laver ton dégobillage ? »

Le vomi recouvre l'oreiller et le drap gris-vert de taches orange. Ça bouge comme l'intérieur d'un œuf cru. Ça se tient obstinément en une seule masse, en refusant de se fragmenter pour qu'on l'enlève. Je me demande comment ça peut être à la fois aussi net et aussi dégoûtant.

La voix de ma mère continue à bourdonner. Ce n'est pas à moi qu'elle parle. Elle parle au vomi, mais elle l'appelle par mon nom : Claudia. Elle l'essuie du mieux qu'elle peut et pose une serviette qui gratte sur la grande tache humide. Je m'allonge de nouveau. Les chiffons sont tombés de la fissure de la fenêtre, et l'air est froid. Je n'ose pas rappeler ma mère et je n'ai pas envie de perdre ma chaleur. Sa colère m'humilie; ses paroles me brûlent les joues et je pleure. Je ne sais pas qu'elle n'est pas en colère contre moi mais contre ma maladie. Je crois qu'elle méprise ma faiblesse parce que j'ai laissé la maladie « prendre le dessus ». Bientôt, je ne serai plus malade; je refuserai. Mais pour l'instant, je pleure. Je sais que ça fait couler la morve mais je ne peux pas m'arrêter.

Ma sœur entre. Elle a les yeux noyés de chagrin. Elle me chante : « Quand le soir profond tombe sur les murs du jardin endormi, quelqu'un pense à moi... » Je somnole en pensant à des prunes, à des murs et à « quelqu'un ».

Mais était-ce vraiment comme ça? Aussi douloureux que je m'en souviens? Moins fort. Ou plutôt, c'était une douleur productive et féconde. L'amour, épais et noir comme du sirop Alaga, a bouché la fissure de la fenêtre. J'en sentais l'odeur – et le goût, douceâtre, moisi, avec une pointe d'essence de Wintergreen – partout dans la maison. Il collait, comme ma langue, aux vitres givrées. Il m'enduisait la poitrine comme la pommade, et quand la flanelle s'est défaite dans mon sommeil, les courbes claires et aiguës de l'air en ont souligné la présence dans ma gorge. Et dans la nuit, quand ma toux est devenue sèche et tenace, des pas étouffés sont entrés dans ma chambre, des mains ont rattaché la flanelle, ont remonté le couvre-pieds et l'une d'elles s'est posée un instant sur mon front. Aussi, quand je pense à l'automne, je pense à quelqu'un dont les mains ne voulaient pas que je meure.

C'était aussi l'automne quand Mr Henry est arrivé. Notre locataire. *Notre locataire*. Les mots sortaient des lèvres comme un ballon et se balançaient au-dessus de nos têtes – silencieux, séparés et agréablement mystérieux. Ma mère était tranquille et satisfaite quand elle parlait de son arrivée.

« Vous le connaissez, disait-elle à ses amis. Henry Washington. Il habitait chez Miss Della Jones dans la 13e Rue. Mais elle trop gâteuse pour continuer. Alors il cherche une autre chambre pour se loger.

– Ah oui. » Les amis de ma mère ne cachent pas leur curiosité. « Je me demandais combien de temps il allait rester chez elle. On dit qu'elle n'a plus toute sa tête. La moitié du temps, elle ne sait plus qui il est, ni lui ni personne.

– Le vieux nègre complètement fou avec qui elle s'est mariée ne l'a pas arrangée.

– Vous savez ce qu'il a dit aux gens quand il l'a quittée ?

– Euh, euh. Qu'est-ce qu'il a dit?

– Eh bien, qu'il se sauvait avec cette aguicheuse de Peggy... d'Elyria. Vous savez.

– Une des filles de la grosse Bessie?

– C'est ça. Et ben, quelqu'un lui a demandé pourquoi il avait quitté une jolie femme pieuse comme Della pour cette jeunette. Vous savez, Della a toujours bien tenu sa maison. Et il a juré devant le bon Dieu que la vraie raison, c'était qu'il ne pouvait plus supporter l'eau parfumée à la violette que Della Jones utilisait. Il a dit qu'il voulait une femme qui sente une odeur de femme. Il a dit que Della était trop propre pour lui.

– Quel cochon! C'est vraiment dégoûtant!

– M'en parlez pas. Est-ce que c'est des raisons?

– Sûrement pas. Il y a des hommes qui valent pas mieux que des cochons.

– C'est à cause de ça qu'elle a eu ses attaques?

– Ça n'a pas dû l'arranger. Mais vous savez, ses filles étaient bêtes comme leurs pieds. Vous vous souvenez de cette grimacière d'Hattie? Elle n'a jamais été très nette. Et leur tante Julia qui remonte et qui redescend toujours la 16e Rue en parlant toute seule.

– On ne peut pas l'enfermer?

– Non. Le comté n'en a pas voulu. Ils ont dit qu'elle ne faisait de mal à personne.

– Eh bien, moi, elle me fait du mal. Si on veut avoir peur à en chier dans votre froc, y a qu'à se lever à cinq heures et demie du matin comme moi pour voir cette vieille sorcière qui se balade avec son bonnet. Grands dieux! »

Elles rient.

Frieda et moi nous lavons des bocaux à conserve. Nous n'entendons pas ce qu'elles disent mais avec les adultes nous écoutons et nous essayons de surprendre leurs paroles.

« J'espère que personne me laissera traîner comme ça quand je deviendrai gâteuse. C'est une honte.

– Qu'est-ce qu'ils vont faire de Della? Est-ce qu'elle n'a pas de famille?

– Une de ses sœurs doit venir de la Caroline du Nord pour s'occuper d'elle. A mon avis, elle veut mettre la main sur sa maison.

– Oh, allez. C'est la pire chose que j'aie entendue.

– Qu'est-ce que vous pariez? Henry Washington a dit que cette sœur, elle avait pas vu Della depuis quinze ans.

– Je pensais qu'un jour Henry allait se marier avec elle.

– Avec cette vieille bonne femme?

– Ben, Henry n'est plus un gamin.

– Non, mais ce n'est pas un vieillard non plus.

– Il a déjà été marié?

– Non.

– Comment ça se fait? Quelqu'un l'a laissé tomber?

– Il est tellement difficile.

– Il n'est pas difficile. Vous en connaissez une par ici qui soit bonne à marier?

– Ben... non.

– Il a simplement un peu de jugeote. Un bon travailleur avec une vie bien réglée. J'espère que ça se passera bien.

– Ça se passera bien. Combien vous lui prenez?

– Cinq dollars par semaine.

– Ça va bien vous aider.

– C'est sûr. »

Leur conversation est comme une danse un peu méchante : un son rencontre un son, fait la révérence, hésite et se retire. Un autre son entre dans la danse, mais un autre lui prend la vedette : les deux sons tournent l'un autour de l'autre et s'arrêtent. Parfois leurs paroles décrivent des spirales hautaines; d'autres fois, elles font des sauts stridents et tout est ponctué de grands éclats de rire comme la palpitation d'un cœur en gelée. Le tranchant, la poussée de leurs émotions sont toujours évidents pour Frieda et pour moi. Nous ne connaissons pas le sens de tous les mots qu'elles disent, parce que nous avons neuf et dix ans. Alors nous observons leur visage, leurs mains, leurs pieds et nous recherchons la vérité dans le timbre de leur voix.

Et, quand Mr Henry est arrivé un samedi soir, nous avons senti son odeur. Elle était merveilleuse. Un parfum d'arbres et de citron, comme une crème de jour, d'huile pour cheveux et une touche de réglisse.

Il avait un grand sourire qui découvrait de petites dents régulières avec un espace amical au milieu. Frieda et moi, on ne nous a pas présentées – on nous a seulement montrées du doigt. Comme : voici la salle de bains; la penderie est ici; et voici mes gosses, Frieda et Claudia; faites attention à cette fenêtre, elle ne s'ouvre pas bien.

Nous le regardions en coin, en ne disant rien et sans nous attendre à ce qu'il dise quelque chose. Peut-être un signe de tête, comme pour la penderie, pour reconnaître notre existence. Mais à notre grande surprise, il nous a parlé.

« Bonjour. Toi tu dois être Greta Garbo et toi Ginger Rogers. »

Petits rires bêtes de notre part. Même mon père a souri malgré lui.

« Vous voulez une petite pièce? » a-t-il demandé.

Il nous en a tendu une. Frieda a baissé la tête, trop heureuse pour répondre. J'ai avancé la main. Il a fait claquer le pouce et l'index et la pièce a disparu. Le plaisir s'est mêlé à notre étonnement. Nous avons cherché sur lui, en glissant nos doigts dans ses chaussettes, en regardant à l'intérieur de son manteau. Si le bonheur c'est l'anticipation plus la certitude, nous étions heureuses. Et tandis que nous attendions que la pièce réapparaisse, nous savions que nous amusions maman et papa. Papa souriait et les yeux de maman se sont adoucis en suivant nos mains qui couraient sur le corps de Mr Henry. Nous l'aimions. Même après ce qui s'est passé ensuite, nous nous sommes souvenues de lui sans amertume.

Elle dormait dans le lit avec nous. Frieda vers l'extérieur parce qu'elle est courageuse – il ne lui vient jamais à l'esprit que si, pendant qu'elle dort, sa main pend en dehors du lit, « quelque chose » va sortir de dessous en rampant pour lui ronger les doigts. Je dors du côté du mur parce que cette idée m'est venue à l'esprit. Pecola devait donc dormir au milieu.

Deux jours plus tôt, maman nous avait dit que « quelqu'un » allait venir – une petite fille qui n'avait nulle part où aller. Les gens du comté l'avaient placée chez nous pendant quelques jours jusqu'à ce qu'ils aient décidé quoi faire ou, plus précisément, jusqu'à ce que la famille soit réunie. Il fallait être gentilles avec elle et ne pas nous battre. Maman ne savait pas « ce qu'il prenait aux gens », mais ce cochon de Breedlove avait mis le feu à sa maison, il avait tourné la tête de sa femme et maintenant tout le monde était à la rue.

Être à la rue, nous le savions, c'était la vraie terreur de la vie. La menace de se retrouver à la rue réapparaissait souvent à cette époque. On mettait fin à chaque excès avec cette menace. Si quelqu'un mangeait trop, il finirait à la rue. Si quelqu'un brûlait trop de charbon, il finirait à la rue. Les gens pouvaient se retrouver à la rue à cause du jeu ou de la boisson. Parfois, des mères flanquaient leur fils à la rue et quand ça arrivait, toute la sympathie allait au garçon sans tenir compte de ce qu'il avait fait. Il était à la rue, et à cause de sa propre mère. Être mis à la rue par un propriétaire était une chose, malheureuse, mais il s'agissait d'un aspect de l'existence sur lequel on n'avait aucun contrôle, puisqu'on ne pouvait pas contrôler ce qu'on gagnait. Mais être flemmard au point de se mettre soi-même à la rue, ou être sans cœur au point de mettre sa propre famille à la rue, c'était criminel.

Il y a une différence entre être mis *dehors* et être mis *à la rue*. Si l'on est mis dehors, on va quelque part ailleurs; si l'on est mis à la rue, on n'a plus d'endroit où aller. La distinction était subtile mais définitive. Se retrouver à la rue, c'était la fin de quelque chose, un fait irrévocable et physique, qui définissait et complétait notre condition métaphysique. Etant une minorité à la fois comme caste et comme classe, nous vivions sur l'ourlet de la vie en luttant contre notre faiblesse et en nous battant pour nous accrocher ou pour grimper sans aide dans les grands plis du vêtement. Mais nous avions appris comment nous y prendre avec notre existence périphérique – sans doute parce que c'était abstrait. Mais l'aspect concret du fait d'être mis à la rue était une autre question – comme la différence entre le concept de la mort et être vraiment mort. Le mort ne change pas et quand on est mis à la rue, on y reste.

On savait qu'être mis à la rue existait, et cela faisait naître en nous un sentiment de propriété, de possession. La possession solide d'une cour, d'une véranda, d'une treille. Les Noirs propriétaires consacraient toute leur énergie, tout leur amour à leur petit nid. Comme des oiseaux ivres et désespérés, ils surchargeaient tout de décorations; ils s'agitaient et s'affairaient autour de leurs maisons durement gagnées; ils faisaient des conserves et des confitures pendant tout l'été pour remplir les placards et les étagères; ils peignaient, piochaient, creusaient dans tous les coins de leurs maisons. Et ces maisons se dressaient comme des tournesols de serre parmi les rangées de mauvaises herbes qui étaient les maisons en location. Les Noirs locataires jetaient des regards furtifs sur ces vérandas et ces cours de propriétaires, et juraient de s'acheter « un joli petit coin ». En attendant, ils économisaient, grattaient sur tout, et entassaient ce qu'ils pouvaient dans des masures en location et se réjouissaient à l'avance du jour où ils seraient propriétaires.

Cholly Breedlove, à l'époque un Noir locataire, ayant mis sa famille à la rue, était tombé de lui-même en dessous de toute considération humaine. Il avait rejoint la condition animale; c'était en fait un vieux chien, un serpent, un vieux rat de nègre. Mrs Breedlove habitait chez la femme pour qui elle travaillait; une autre famille hébergeait le garçon, Sammy; et Pecola se retrouvait chez nous. Cholly était en prison.

Elle est arrivée sans rien. Pas de petit sac en

papier avec une robe de rechange, une chemise de nuit ou une culotte en coton vaguement blanche. Elle est arrivée accompagnée d'une femme blanche et s'est assise.

Nous nous sommes bien amusées pendant que Pecola était chez nous. Frieda et moi, nous avons arrêté de nous battre et nous nous sommes occupées de notre invitée, en faisant des efforts pour qu'elle oublie qu'on l'avait mise à la rue.

Quand nous avons découvert qu'elle n'avait pas du tout l'intention de nous dominer, elle nous a plu. Elle riait quand je faisais le clown pour elle et elle souriait en acceptant avec grâce les friandises que ma sœur lui donnait.

« Tu veux des biscuits?

– Je veux bien. »

Frieda lui a apporté quatre biscuits sur une soucoupe et du lait dans une tasse bleue et blanche, avec Shirley Temple. Elle est restée longtemps devant le lait en regardant avec attendrissement les fossettes du visage de Shirley Temple. Frieda et elle ont eu une conversation pleine d'amour sur Shirley Temple qui était si migno-o-onne. Je n'ai pas pu me joindre à leur admiration parce que je haïssais Shirley Temple. Non pas parce qu'elle était mignonne, mais parce qu'elle dansait avec Bojangles, qui était *mon* ami, *mon* oncle, *mon* papa et qui aurait dû rire avec moi. Au lieu de ça, il s'amusait, il dansait merveilleusement avec une de ces petites Blanches dont les socquettes ne tombaient jamais sur les chevilles. Aussi, j'ai dit : « Moi, j'aime Jane Withers... » Elles m'ont lancé un regard étonné, ont décidé qu'on ne pouvait vraiment pas me comprendre et ont continué à débiter leurs souvenirs sur Shirley-la-bigleuse.

Plus jeune que Frieda et que Pecola, je n'étais pas encore arrivée à ce tournant de mon développement psychique qui m'aurait permis de l'aimer. Ce que j'éprouvais à l'époque, c'était de la haine pure.

Mais avant ça, j'avais ressenti autre chose de plus inconnu et de plus effrayant que cette haine pour toutes les Shirley Temple du monde.

Cela avait commencé avec Noël et les poupées qu'on recevait en cadeau. Le gros cadeau spécial et tendre était toujours une grande poupée aux yeux bleus. D'après les rires bêtes des adultes, je savais que cette poupée représentait ce qu'ils pensaient que je désirais le plus. J'ai été stupéfaite par l'objet lui-même et ce à quoi il ressemblait. Qu'est-ce que j'étais censée faire avec elle? Jouer à être sa mère? Les bébés et le concept de maternité ne m'intéressaient pas. Je ne m'intéressais qu'aux êtres humains de mon âge et de ma taille et je ne pouvais manifester aucun enthousiasme à la perspective d'être mère. La maternité, c'était la vieillesse et d'autres possibilités lointaines. Cependant, j'ai vite appris ce qu'on attendait que je fasse avec la poupée : je devais la bercer, inventer des situations autour d'elle, et même dormir avec elle. Les livres d'images étaient remplis de petites filles qui dormaient avec leur poupée. En général, des poupées en lambeaux mais pour moi il n'en était pas question. J'étais physiquement révoltée et secrètement effrayée par ces yeux ronds et crétins, par cette face de Mardi gras et ces cheveux qui ressemblaient à des vers de terre orange.

Les autres poupées, qui étaient censées me donner beaucoup de plaisir, atteignaient l'effet exactement inverse. Quand je les prenais dans mon lit, les jambes raides et dures s'enfonçaient dans ma peau, les doigts boudinés m'écorchaient. Si je me tournais en dormant, je me cognais dans la tête froide comme de l'os. C'était une compagne des plus inconfortables et tout à fait agressive pour dormir. La tenir dans mes bras ne m'apportait pas plus de plaisir. La gaze ou la dentelle amidonnée de la robe en coton rendait irritante toute étreinte. Je n'avais qu'une envie : lui arracher les membres. Pour voir de quoi elle était faite, pour en découvrir la tendresse, pour trouver la beauté, l'aspect désirable qui m'avait échappé, et apparemment à moi seul. Les adultes, les filles plus âgées, les boutiques, les magazines, les journaux, les vitrines – le monde entier était d'accord pour reconnaître qu'une poupée aux yeux bleus, aux cheveux blonds et à la peau rose était ce que toute petite fille adorait. « Regarde, disaient-ils, c'est beau, et si tu le mérites, tu l'auras peut-être. » Je palpais le visage en m'étonnant des sourcils faits d'un seul coup de pinceau; je tirais sur les dents nacrées coincées comme deux touches de piano entre les lèvres arquées et rouges. Je suivais le nez retroussé, je crevais les globes oculaires bleus et vitreux, et je tordais les cheveux blonds. Je n'arrivais pas à l'aimer. Mais je l'examinais pour comprendre pourquoi tout le monde la disait adorable. Si je cassais les doigts minuscules, si je tordais les pieds plats, si j'arrachais les cheveux, si je faisais tourner la tête, la chose émettait un bruit – ils disaient que ce cri tendre et plaintif était « maman » mais, pour moi, ça ressemblait au bêlement d'un agneau en train de mourir, ou plus exactement à la porte de notre glacière tournant sur ses gonds rouillés en juillet. Si j'arrachais les yeux froids et stupides, elle bêlait encore, « ahhhhhh », si j'enlevais la tête, si j'en faisais tomber la sciure, si j'écrasais le dos contre le pied de lit en cuivre, elle bêlait. Le dos de la robe en gaze se déchirait et je voyais le disque avec six trous, le secret du bruit. Un simple rond en métal.

Les adultes fronçaient les sourcils et faisaient des histoires. « Tu-ne-fais-jamais-attention-à-rien. Je-n'ai-jamais-eu-de-poupée-de-toute-ma-vie-et-j'ai-versé-toutes-les-larmes-de-mon-corps-pour-en-avoir-une. Maintenant-tu-en-as-une-et-une-belle-et-tu-la-casses. Qu'est-ce-que-tu-as ? »

Leur indignation était à son comble. Leurs larmes

menaçaient de détruire la distance que créait leur autorité. L'émotion accumulée pendant des années de désirs insatisfaits pointait dans leur voix. Je ne savais pas pourquoi je cassais ces poupées. Mais je savais que personne ne m'avait jamais demandé ce que je voulais pour Noël. Si un adulte, ayant le pouvoir de combler mes désirs, m'avait prise au sérieux et m'avait demandé ce que je voulais, il aurait su que je ne voulais rien à moi, que je ne voulais posséder aucun objet. Je voulais plutôt ressentir quelque chose le jour de Noël. La vraie question aurait dû être : « Ma chère Claudia, qu'aimerais-tu connaître à Noël ? » J'aurais répondu : « Je veux m'asseoir sur le petit tabouret dans la cuisine de maman, les genoux couverts de lilas et écouter papa jouer du violon pour moi toute seule. » La taille du tabouret fait pour moi, le sentiment de sécurité et la chaleur de la cuisine de maman, l'odeur des lilas, la musique et pour que tous mes sens soient de la fête, peut-être, après, le goût d'une pêche.

Au lieu de ça je sentais l'odeur et le goût des assiettes et des tasses en fer-blanc pour organiser des goûters qui m'ennuyaient. Au lieu de ça, je regardais avec répugnance les nouvelles robes qui exigeaient avant de les porter qu'on prenne un bain dans une baignoire de zinc galvanisé. On glissait sur le zinc, pas le temps de jouer ni de se laisser tremper, parce que l'eau refroidissait trop vite, pas le temps de goûter sa nudité, le temps seulement de faire couler de l'eau savonneuse entre ses jambes. Puis la serviette qui gratte et l'absence terrible et humiliante de crasse. La propreté irritable et sans imagination. Finies les taches d'encre sur les jambes et le visage, toutes mes créations accumulées pendant la journée précédente, et remplacées par la chair de poule.

Je cassais les poupées blanches.

Mais l'écartèlement des poupées n'a pas été la

véritable horreur. La chose vraiment horrible a été le transfert des mêmes impulsions sur les petites filles blanches. L'indifférence avec laquelle j'aurais pu leur donner des coups de hache n'avait d'égal que mon désir de le faire. Découvrir ce qui m'échappait : le secret de la magie qu'elles tissaient sur les autres. Qu'est-ce qui faisait que les gens les regardaient en disant : « Ahhhhh », et jamais en me regardant? L'œil en coin des femmes noires quand elles les croisaient dans la rue, et la douceur possessive de leur contact quand elles les touchaient.

Si je les pinçais, leurs yeux – contrairement à l'éclat stupide des yeux des poupées – se fermaient de douleur et leur cri n'était pas le grincement de la porte de la glacière, mais un fascinant hurlement de douleur. Quand j'ai appris à quel point cette violence désintéressée était repoussante, parce que désintéressée, ma honte chercha un refuge. La meilleure cachette était l'amour. D'où la conversion du sadisme primitif en haine fabriquée et en amour hypocrite. C'était un petit pas vers Shirley Temple. J'ai appris beaucoup plus tard à l'adorer, tout comme j'ai appris à faire mes délices de la propreté, en sachant, au moment même où je l'apprenais, que le changement était une adaptation mais pas une amélioration.

« Trois quarts de lait. C'est ce qu'il y avait dans cette glacière, hier. Trois quarts entiers. Maintenant, il n'y en a plus. Pas une seule goutte. Ça ne me fait rien que des gens viennent chez moi et qu'ils prennent tout ce qu'ils veulent, mais trois quarts de litre de lait! Qu'est-ce qu'on peut bien faire avec trois quarts de litre de lait! »

Les « gens » auxquels ma mère faisait allusion, c'était Pecola. Toutes les trois, Pecola, Frieda et moi, nous l'entendions crier dans la cuisine en bas en faisant toute une histoire à cause du lait que Pecola avait bu. Nous savions qu'elle aimait beaucoup la tasse Shirley Temple et elle saisissait la moindre occasion d'y boire du lait, simplement pour la tenir dans la main et voir le doux visage de Shirley. Ma mère savait que Frieda et moi nous détestions le lait et elle supposait que Pecola l'avait bu par gourmandise. Ce n'était sûrement pas à nous de la « disputer ». Nous n'entamions pas de discussions avec les adultes ; nous répondions à leurs questions, c'est tout.

Honteuses à cause des insultes dont maman couvrait notre amie, nous restions assises là : je m'épluchais les doigts de pied, Frieda se nettoyait les ongles avec les dents et Pecola suivait des doigts les cicatrices de ses genoux – la tête penchée sur le côté. Les rouspétances solitaires de ma mère nous irritaient et nous déprimaient. Elles étaient interminables, insultantes et, bien qu'indirectes (maman ne nommait jamais personne – elle parlait seulement des « gens » et de « certains »), elles étaient extrêmement pénibles dans leur violence. Elle continuait comme ça pendant des heures, en reliant une offense à une autre, jusqu'à ce qu'elle ait sorti tout ce qu'elle avait sur le cœur. Puis, quand elle avait tout dit à tout le monde, elle se mettait à chanter et continuait pendant le reste de la journée. Mais il se passait très longtemps avant qu'on entende sa chanson. En attendant, l'estomac en compote et le cou en feu, nous écoutions, en fuyant le regard des autres, et nous nous épluchions les pieds ou n'importe quoi.

« ... Je ne sais vraiment pas ce que je suis censée faire marcher ici, c'est pas le bureau de bienfaisance, j'imagine. Il est temps qu'on me retire de la liste de ceux qui *donnent* et qu'on me mette sur la liste de ceux qui *reçoivent*. On *veut* que je finisse à l'asile. J'ai beau faire, je n'y échapperai pas. Les gens passent leur temps à essayer d'inventer des moyens de m'y envoyer. J'ai autant besoin d'une bouche de plus à nourrir qu'un chat a besoin de poches. Comme si je n'avais pas assez de problèmes à essayer de donner à manger aux miens et à éviter d'aller à l'asile; maintenant j'ai quelque chose de plus qui va tout me *boire* pour m'envoyer là-bas. Ah mais non, elle y arrivera pas. Pas tant qu'il me restera des forces dans le corps et une langue dans la bouche. Il y a une limite à tout. J'ai rien à *jeter* par les fenêtres. *Personne* a besoin de *trois* quarts de litre de lait. Henry *Ford* n'a pas besoin de trois quarts de litre de lait. C'est vraiment un *péché*. Je veux bien faire ce que je peux pour les gens. Personne peut dire le contraire. Mais il faut que ça s'arrête, et c'est moi qui vais arrêter ça. La Bible dit qu'il faut prier et *aussi* veiller. Les gens vous collent leurs enfants sur les bras et ils continuent à s'occuper de leurs affaires. Est-ce que quelqu'un est jamais venu jeter *un coup d'œil* ici pour voir si cette enfant avait un morceau de pain à se mettre sous la dent. On dirait qu'ils jettent seulement *un coup d'œil* pour voir si moi j'ai un morceau de pain à lui donner. Ah mais non. L'idée ne leur traverse pas l'esprit. Ce bon à rien de Cholly est sorti de prison depuis *deux* jours entiers et il est pas *encore* venu voir si son enfant était vivante ou morte. Pour lui, elle pourrait aussi bien être *morte*. Et sa *maman*, c'est pareil. Ça ressemble à quoi, tout ça? »

Quand maman en est arrivée à Henry Ford et à tous ces gens qui se moquaient bien de savoir si elle avait un morceau de pain à manger, nous avons su qu'il était temps de nous en aller. Nous voulions éviter le couplet sur Roosevelt et les riches.

Frieda s'est levée et a descendu l'escalier. Pecola et moi, nous l'avons suivie, en faisant un grand arc de cercle pour éviter la porte de la cuisine. Nous nous sommes assises sur les marches de la véranda où les paroles de ma mère ne nous arrivaient que par rafales.

C'était un triste samedi. La maison sentait le nettoyant et l'odeur piquante des feuilles de moutarde qui cuisaient. Le samedi était un jour de tristesse et d'agitation. Second dans l'ordre de la détresse, après les dimanches raides et empesés, aux pastilles contre la toux, remplis de « ne fais pas ça » et de « tiens-toi tranquille ».

Si ma mère avait envie de chanter, ça n'allait pas trop mal. Elle chantait les moments difficiles, les moments pénibles, et les moments où quelqu'un-est-parti-et-m'a-laissée. Mais elle avait une voix si douce et, quand elle chantait, des yeux si tendres, que je finissais par avoir envie de connaître ces moments pénibles, et par désirer être grande sans « un sou-ou-ou à moi ». J'attendais le moment délicieux où « mon homme » me laisserait tomber, où « je détesterais voir descendre le soleil du soir... », parce que je saurais alors que « mon homme a quitté la ville ». La détresse, colorée par les verts et les bleus de la voix de ma mère, ôtait toute la souffrance aux mots et me laissait avec la conviction que la douleur n'était pas seulement supportable, mais douce aussi.

Mais sans chansons, les samedis se posaient sur ma tête comme un seau à charbon et si maman faisait des histoires comme en ce moment, c'était comme si quelqu'un y jetait des pierres.

« ... et je suis pauvre comme Job. Pour qui ils me prennent? Pour le Père Noël? Eh ben, ils peuvent retirer leurs chaussures parce que c'est *pas* Noël... »

Nous nous sommes agitées.

« On fait quelque chose, a dit Frieda.

– Qu'est-ce que tu veux qu'on fasse? ai-je demandé.

– Je ne sais pas. Rien. » Frieda regardait la cime des arbres. Pecola regardait ses pieds.

« Vous voulez qu'on monte dans la chambre de Mr Henry pour regarder ses magazines de femmes nues? »

Frieda a fait une grimace horrible. Elle n'aimait pas regarder les photos cochonnes. « Alors, ai-je continué, on peut regarder sa Bible. Ça c'est beau. » Frieda a serré les dents et a fait *fttt* entre les lèvres. « Bon, alors on peut aller enfiler les aiguilles à coudre de la dame à moitié aveugle. Elle nous donnera une pièce. »

Frieda a reniflé. « Elle a des yeux qui ressemblent à de la morve. Je n'ai pas envie de les voir. Qu'est-ce que tu veux faire, Pecola?

– Ça m'est égal, a-t-elle dit. Ce que vous voulez. »

J'avais une autre idée. « On pourrait remonter la ruelle pour voir ce qu'il y a dans les poubelles.

– Il fait trop froid », a dit Frieda. Elle s'ennuyait et était de mauvaise humeur.

« Je sais. On pourrait faire des fondants.

– Tu rigoles? Avec maman qui fait ses histoires. Quand elle commence à s'en prendre à la terre entière, tu sais qu'il y en a pour toute la journée. Elle ne nous laissera jamais faire.

– Alors, on n'a qu'à aller à l'hôtel Grec pour les écouter dire des gros mots.

– Oh, j'ai pas envie. en plus, ils disent tout le temps les mêmes. »

J'avais épuisé ma provision d'idées, et je me suis concentrée sur les taches blanches de mes ongles. Le total indiquait le nombre d'amoureux que j'aurais. Sept.

Le soliloque de maman glissait dans le silence. « ... La Bible dit : il faut nourrir ceux qui ont faim. C'est bien. C'est parfait. Mais je ne vais pas nourrir des éléphants... Celui qui a besoin de trois quarts de litre de lait pour *vivre* doit s'en aller d'ici. Il s'est trompé de maison. C'est quoi ici? Une laiterie? »

Pecola s'est redressée brusquement, les yeux écarquillés de terreur. Une sorte de hennissement lui est sorti de la bouche.

« Qu'est-ce qui t'arrive? » Frieda s'est relevée elle aussi.

Puis nous avons regardé toutes les deux l'endroit que Pecola fixait des yeux. Du sang lui coulait entre les jambes. Il y avait des gouttes sur les marches. J'ai sursauté. « Hé, tu t'es coupée? Regarde. Tu en as plein ta robe. »

Une tache brun-rouge s'étalait dans le dos de sa robe. Elle continuait à hennir, debout, les jambes écartées.

Frieda a dit : « Oh, mon Dieu! Je sais. Je sais ce que c'est!

– Qu'est-ce que c'est? Pecola a porté ses doigts à sa bouche.

– C'est ta menstruation.

– C'est quoi?

– Tu sais bien.

– Je vais mourir? a-t-elle demandé.

– Nooon. Tu ne vas pas mourir. Ça veut simplement dire que tu peux avoir un bébé!

– Quoi?

– Comment est-ce que tu le sais? » J'en avais assez de Frieda qui savait toujours tout.

« C'est Mildred qui me l'a dit, et maman aussi.

– Je ne te crois pas.

– Ça ne fait rien, grosse maligne. Écoute. Attends ici. Assieds-toi, Pecola. Ici. » Frieda n'était plus qu'autorité et énergie. « Et toi, m'a-t-elle dit, va nous chercher de l'eau.

– De l'eau?

– Oui, imbécile. De l'eau. Et ne fais pas de bruit, sinon maman va t'entendre. »

Pecola s'est assise avec un peu moins de peur dans les yeux. Je suis allée dans la cuisine.

« Qu'est-ce que tu veux, ma fille? » Maman rinçait les rideaux dans l'évier.

« Un peu d'eau, maman.

– Juste au moment où je suis en train de travailler, naturellement. Allez, prends un verre. Un propre. Prends le bocal. »

J'ai pris un bocal à conserve et je l'ai rempli d'eau au robinet. J'ai eu l'impression que ça durait longtemps.

« Personne ne veut rien jusqu'au moment où on me voit devant l'évier. Après, tout le monde a envie de boire de l'eau... »

Quand le bocal a été plein, je me suis dirigée vers la porte.

« Où est-ce que tu vas ?

– Dehors.

– Bois cette eau ici !

– Mais je ne vais rien casser.

– Tu ne sais pas ce que tu vas faire.

– Si, maman. Laisse-moi sortir. Je vais pas en renverser.

– T'as pas intérêt. »

Je suis allée sur la véranda et je suis restée là avec le bocal plein d'eau. Pecola pleurait.

« Pourquoi est-ce que tu pleures ? Ça fait mal ? »

Elle a secoué la tête.

« Alors mouche ta morve. »

Frieda a ouvert la porte du fond. Elle avait glissé quelque chose sous son corsage. Elle m'a regardée stupéfaite et a montré le bocal. « C'est pour quoi faire ?

– C'est toi qui m'as dit. Tu m'as dit d'aller chercher de l'eau.

– Pas un petit bocal. Il faut beaucoup d'eau. Pour laver les marches, imbécile !

– Comment je l'aurais su ?

– « *Comment je l'aurais su !* Allez. » Elle a soulevé Pecola en la tenant par le bras. « Il faut y retourner. » Elles se sont dirigées sur le côté de la maison, là où les buissons étaient épais.

« Hé. Et moi ? Je veux venir.

– Ferme-laaaa. » Le chuchotement d'actrice de Frieda. « Maman va t'entendre. Tu laves les marches. »

Elles ont disparu au coin de la maison.

J'allais tout rater. Encore. Il se passait quelque chose d'important et je devais rester en arrière et ne rien voir. J'ai renversé l'eau sur les marches, j'ai frotté un peu avec ma chaussure et j'ai couru les rejoindre.

Frieda était à genoux ; sur le sol, à côté d'elle, il y avait un carré de coton. Elle retirait la culotte de Pecola. « Allez. Lève les pieds. » Elle a réussi à enlever la culotte sale et me l'a lancée. « Attrape.

– Qu'est-ce que je dois en faire ?

– Enterre-la, imbécile. »

Frieda a dit à Pecola de tenir le morceau de coton entre ses jambes.

« Comment est-ce qu'elle va marcher avec ça ? » j'ai demandé.

Frieda n'a pas répondu. Elle a pris deux épingles à nourrice dans l'ourlet de sa jupe et elle a attaché les extrémités de la serviette à la robe de Pecola.

J'ai pris la culotte entre deux doigts et j'ai cherché un endroit pour creuser un trou. Un froissement dans les buissons m'a fait sursauter ; je me suis retournée, et j'ai vu une paire d'yeux fascinés dans un visage blanc comme de la farine. Rosemary nous regardait. J'ai voulu lui attraper le visage et j'ai réussi à lui griffer le nez. Elle a hurlé et a reculé.

« Mrs MacTeer ! Mrs MacTeer ! a hurlé Rosemary. Frieda et Claudia jouent à des cochonneries ! Mrs MacTeer ! »

Maman a ouvert la fenêtre et nous a regardées.

« Quoi ?

– Elles font des cochonneries, Mrs MacTeer. Regardez. Et Claudia m'a griffée parce que je les ai vues ! »

Maman a refermé violemment la fenêtre et elle est sortie en courant.

« Qu'est-ce que vous faites? Oh! Hein? Hein? Elles font des cochonneries, hein? » Elle a tendu la main vers les buissons et a cassé une badine. « Je ferais mieux d'élever des porcs que des filles qui font des cochonneries! Je pourrais au moins les massacrer! »

Nous nous sommes mises à pousser des cris. « Non, maman! Non, maman! On ne faisait pas de cochonneries! C'est une menteuse! Non, maman! Non, maman! »

Maman a attrapé Frieda par l'épaule, elle l'a fait tourner et lui a donné trois ou quatre coups de badine sur les jambes. « Tu veux faire des cochonneries, hein? Tu vas voir! »

Frieda était anéantie. Les coups de badine la blessaient et l'humiliaient.

Maman a regardé Pecola. « Toi aussi! a-t-elle dit. Que tu sois ma fille ou non. » Elle l'a attrapée et l'a fait tourner. Une épingle à nourrice s'est ouverte et maman a vu la serviette qui pendait sous sa robe. La badine est restée en l'air tandis que maman clignait des yeux. « Qu'est-ce qui se passe ici? »

Frieda sanglotait. Moi, la suivante, j'ai commencé à expliquer. « Elle saignait. On essayait seulement d'arrêter le sang! »

Maman a regardé Frieda pour avoir confirmation. Frieda a hoché la tête. « Elle a sa menstruation. On l'aidait seulement. »

Maman a lâché Pecola et l'a regardée. Puis elle les a attirées toutes les deux contre elle, leurs têtes sur son ventre. A ses yeux, on voyait qu'elle regrettait. « Très bien, très bien. Allez, ne pleurez plus. Je ne savais pas. Allez, maintenant. Allons à la maison. Retourne chez toi, Rosemary. Le spectacle est fini. »

Nous sommes rentrées, Frieda qui pleurait doucement, Pecola avec une queue blanche et moi tenant la culotte de la petite-fille-devenue-femme.

Maman nous a emmenées jusqu'à la salle de bains. Elle a poussé Pecola à l'intérieur et elle m'a pris la culotte en nous disant de rester dehors.

Nous avons entendu l'eau couler dans la baignoire.

« Tu crois qu'elle va la noyer?

– Oh, Claudia. T'es bête. Elle va seulement lui laver ses vêtements et tout.

– Tu crois qu'on devrait battre Rosemary?

– Non. Laisse-la tranquille. »

L'eau coulait et au-dessus du bruit on entendait la musique du rire de notre mère.

Cette nuit-là, dans notre lit, toutes les trois, nous restions immobiles. Nous étions pleines de crainte et de respect envers Pecola. Être couchées à côté d'une vraie personne qui avait vraiment sa menstruation, c'était comme quelque chose de sacré. Elle était différente de nous maintenant – comme les adultes. Elle-même ressentait la distance, mais elle ne faisait pas la fière.

Au bout d'un long moment, elle a parlé très doucement. « C'est vrai que je peux avoir un bébé maintenant?

– C'est vrai, a répondu Frieda à moitié endormie. C'est vrai que tu peux.

– Mais... comment? » L'étonnement lui transformait la voix.

« Oh, a dit Frieda, il faut que quelqu'un t'aime.

– Oh. »

Il y a eu un long silence pendant lequel Pecola et moi nous avons réfléchi à ce qu'avait dit Frieda. J'ai supposé que cela voulait dire « mon homme » qui, avant de me laisser tomber m'aurait aimée. Mais il n'y avait pas de bébés dans les chansons de ma mère. C'était peut-être pour ça que les femmes étaient tristes : les hommes les laissaient tomber avant qu'elles aient pu avoir un bébé.

Puis Pecola a posé une question qui ne m'avait jamais traversé l'esprit : « Comment est-ce qu'on fait ? Je veux dire, comment est-ce qu'on fait pour que quelqu'un vous aime ? » Mais Frieda dormait. Et moi, je ne savais pas.

VOIC ILAM AISO NELL EEST VERTEETBLAN CHE ELLE AUNE PORT ERO UGEELLEESTTR ESJOLIEVOICILAFAMILLEMAMANPAPADIC

Il y a une boutique abandonnée à l'angle de Broadway et de la 35ᵉ Rue, à Lorain, dans l'Ohio. Elle ne se fond pas dans le ciel plombé à l'arrière-plan, elle ne s'harmonise pas avec les maisons grises préfabriquées et les poteaux téléphoniques noirs qui l'entourent. Elle s'impose au contraire à l'œil du passant d'une façon à la fois irritante et mélancolique. Les visiteurs qui traversent cette petite ville en voiture se demandent pourquoi on ne l'a pas détruite, alors que les piétons qui habitent dans le voisinage détournent simplement les yeux en passant.

A une époque, quand le bâtiment abritait une pizzeria, les gens ne voyaient que des adolescents au pas traînant qui s'attroupaient au coin. Ces jeunes gens se rencontraient là pour se sentir des hommes, fumer des cigarettes et mettre au point des coups pas très dangereux. Ils inhalaient profondément la fumée de leurs cigarettes et l'obligeaient à remplir leurs poumons, leur cœur, leurs cuisses et à étouffer le tremblement et l'énergie de la jeunesse. Ils se déplaçaient lentement, riaient lentement, mais faisaient tomber la cendre de leur cigarette d'un geste trop rapide et trop souvent répété et ils se révélaient ainsi à ceux qui les observaient comme des fumeurs novices. Mais bien avant le bruit de leurs meuglements et le spectacle de leur vanité, la maison avait été louée à un boulanger hongrois, modestement célèbre pour sa brioche et ses biscuits aux graines de pavot. Auparavant, il y avait eu là le bureau d'un agent immobilier, et encore avant des gitans s'en servaient comme base d'opération. Cette famille de gitans avait donné à la grande vitrine une distinction et un caractère qu'elle n'avait jamais connus. Les filles de la famille s'asseyaient chacune à leur tour entre des mètres de tissus de velours et de draperies orientales. Elles regardaient au-dehors et parfois souriaient, faisaient un clin d'œil ou un signe – mais parfois seulement. La plupart du temps, elles se contentaient de regarder et leurs robes compliquées, aux grandes manches et aux jupes très longues, cachaient la nudité qu'on voyait dans leurs yeux.

La population de la région change si souvent que personne ne doit plus se souvenir que longtemps, longtemps avant, avant l'époque des gitans et celle des adolescents, les Breedlove avaient habité ici, blottis dans la boutique. Ils pourrissaient ensemble dans les débris d'une agence immobilière. Ils entraient et sortaient de la boîte grise qui s'écaillait, sans créer de mouvement dans le voisinage, aucun bruit dans le monde du travail, et pas de vagues dans le bureau du maire. Chaque membre de la famille enfermé dans sa propre cellule de conscience, chacun se fabriquant sa propre couverture de réalité en patchwork – en réunissant des fragments d'expérience ici, des bouts d'information là. A partir des minuscules impressions glanées de l'un à l'autre, ils créaient un sentiment d'appartenance et essayaient de vivre comme ils étaient.

Le plan de la partie habitable était aussi dénué

d'imagination que pouvait le concevoir un propriétaire grec de la première génération. Le vaste espace du « magasin » était divisé en deux pièces par des planches d'aggloméré qui ne montaient pas jusqu'au plafond. Il y avait une salle de séjour, que la famille appelait la pièce de devant, et la chambre à coucher où l'on vivait. Dans la pièce de devant, il y avait deux canapés, un piano droit, et un petit sapin de Noël artificiel qui se trouvait là, décoré et couvert de poussière depuis deux ans. Dans la chambre, il y avait trois lits : un lit de fer étroit pour Sammy, quatorze ans, un autre pour Pecola, onze ans, et un double lit pour Cholly et Mrs Breedlove. Au centre de la chambre, pour une répartition égale de la chaleur, il y avait un poêle à charbon. Des malles, des chaises, une petite table, une « penderie » en carton étaient disposées le long des murs. La cuisine se trouvait au fond de cet appartement, une pièce séparée. Il n'y avait pas de salle de bains. Seulement des toilettes à l'abri des regards mais pas des oreilles des locataires.

Il n'y a pas grand-chose de plus à dire des meubles. On ne pouvait pas les décrire parce qu'ils avaient été conçus, fabriqués expédiés et vendus dans différents états de négligence, d'âpreté au gain et d'indifférence. Les meubles avaient vieilli sans jamais être devenus familiers. Des gens les avaient possédés mais ne les avaient jamais connus. Personne n'avait jamais perdu une pièce ou une broche sous les coussins des canapés et personne ne s'était souvenu du lieu et de l'heure où on l'avait perdue et retrouvée. Personne n'avait dit : « Mais je l'avais encore il y a une minute. J'étais assis exactement ici et je parlais à... » Ni : « La voici. Elle a dû glisser pendant que je donnais le sein au bébé ! » Personne n'avait donné naissance à un enfant dans un des lits – et personne ne s'était souvenu avec tendresse des endroits où la peinture était écaillée, parce que c'était ce que le bébé avait l'habitude d'arracher quand il avait commencé à se mettre debout. Aucun enfant économe n'avait collé son chewing-gum sous la table. Aucun heureux ivrogne – un ami de la famille au cou épais, célibataire, vous savez, mais mon Dieu qu'est-ce qu'il mange ! – ne s'était assis au piano pour jouer « You Are My Sunshine ». Aucune jeune fille n'avait contemplé le minuscule arbre de Noël en se souvenant du jour où on l'avait décoré, alors qu'elle se demandait si la boule bleue allait tenir ou s'Il reviendrait jamais le voir.

Il n'y avait pas de souvenirs dans ces pièces. Et certainement pas de souvenirs à conserver. Parfois quelque chose provoquait une réaction physique : une augmentation de l'irritation acide dans la partie supérieure de l'intestin, une légère transpiration sur la nuque quand on se rappelait des circonstances qui entouraient le meuble. Le canapé, par exemple. On l'avait acheté neuf, mais le tissu s'était déchiré sur tout l'arrière du dossier au moment de la livraison. Le magasin n'était pas responsable...

« Écoutez, mon vieux. Il était parfait quand je l'ai chargé dans le camion. Le magasin, il y peut plus rien une fois qu'il est dans le camion... » Une haleine qui sent les Lucky Strike.

« Mais je veux pas d'un canapé déchiré puisque j'en ai acheté un neuf. » Des yeux suppliants et des testicules qui se contractent.

« C'est la merde, mon vieux. Mais c'est *ta* merde... »

On pouvait haïr un canapé, bien sûr – c'est-à-dire s'il est possible de haïr un canapé. Mais ça n'avait aucune importance. Il fallait quand même payer 4,80 dollars par mois. Quand on est obligé de payer 4,80 dollars par mois pour un canapé qui avait commencé par se déchirer, de mauvaise qualité, c'est humiliant – sa possession ne procurait aucun plaisir. Cette tristesse sentait mauvais et contaminait tout.

Sa puanteur vous empêchait de peindre les cloisons d'aggloméré; de trouver un tissu assorti pour le fauteuil; même de recoudre la déchirure, qui devenait une fente puis un gouffre laissant voir le cadre de mauvaise qualité et le rembourrage encore pire. Elle empêchait qu'on y trouve le repos. Elle imposait des amours brèves. Comme une dent douloureuse qui ne se contente pas de battre seule, mais qui doit diffuser sa propre douleur dans d'autres parties du corps, rendant la respiration difficile, la vision limitée, les nerfs ébranlés – de la même façon un meuble produit un malaise qui se répand dans toute la maison et qui limite le plaisir qu'on peut tirer des objets sans lien avec lui.

La seule chose vivante chez les Breedlove c'était le poêle à charbon, qui existait indépendamment de tout et de tous, le feu étant « éteint », « moyen » ou « allumé » à sa discrétion, même si la famille le remplissait et connaissait tous les détails de son régime : attiser, ne pas remplir d'un coup, ne pas remplir trop... Le feu semblait vivre, décliner, ou mourir en fonction de ses propres règles. Mais le matin, il considérait toujours que c'était l'heure de s'éteindre.

VOICILAFAMI LLEMA MANP APADICKE
TJANEHABITENTDANSLAMAISONVER
TEETBLANCHEILSSONTTRESHEUREU

Les Breedlove n'habitaient pas dans une boutique parce qu'ils avaient des difficultés temporaires à cause des réductions de personnel à l'usine ; ils habitaient là parce qu'ils étaient pauvres et noirs, et ils y restaient parce qu'ils se trouvaient laids. Leur pauvreté était traditionnelle et humiliante mais elle n'était pas unique. Personne n'aurait pu les convaincre qu'ils n'étaient pas d'une laideur irrémédiable et repoussante. A part le père, Cholly, dont la laideur (résultat du désespoir, d'une vie dissolue et de la violence dirigée contre les mesquineries et les faibles) était liée à sa conduite, les autres membres de la famille – Mrs Breedlove, Sammy Breedlove et Pecola Breedlove – portaient leur laideur, la mettaient comme un vêtement si l'on peut dire, bien qu'elle ne leur appartînt pas. Les yeux, les petits yeux rapprochés sous des fronts étroits. La plantation des cheveux, basse et irrégulière, qui semblait encore plus irrégulière par contraste avec les sourcils droits et épais qui se rejoignaient presque. Les nez tranchants mais crochus avec des narines insolentes. Ils avaient de hautes pommettes et des oreilles décollées. Des lèvres bien faites qui attiraient l'attention, non pas sur elles-mêmes mais sur le reste du visage. On les regardait et l'on se demandait pourquoi ils étaient aussi laids; on les regardait attentivement et on n'en trouvait pas la raison. Et l'on se rendait compte que cela venait de la conviction de leur laideur, leur conviction. C'était comme si quelque maître mystérieux et omniscient avait donné à chacun un manteau de laideur à porter, et qu'ils l'aient accepté sans poser de question. Le maître leur avait dit : « Vous êtes des gens laids. » Ils s'étaient regardés et n'avaient rien vu qui contredisait cette affirmation; ils avaient même vu une confirmation dans chaque panneau publicitaire, chaque film, chaque regard. « Oui, avaient-ils répondu, vous avez raison. » Et ils avaient pris la laideur dans leurs mains, ils se l'étaient jetée sur les épaules comme un manteau, et étaient partis dans le monde. Chacun se comportait avec elle à sa façon. Mrs Breedlove s'en servait comme un acteur se sert d'un accessoire : pour la création d'un personnage, pour soutenir un rôle qu'elle imaginait ordinairement comme étant le sien : le martyre. Sammy utilisait la sienne comme une arme pour faire mal aux autres. Il y adaptait son comportement, et choisissait ses compagnons en fonction d'elle : des gens qu'elle pouvait fasciner et même intimider. Et Pecola se cachait derrière la sienne. Dissimulée, voilée, éclipsée – ne jetant un coup d'œil que très rarement de derrière son linceul, et seulement en désirant retrouver rapidement son masque.

Un samedi matin d'octobre, les membres de cette famille ont commencé à sortir un par un de leurs rêves d'abondance et de vengeance pour se retrouver dans la misère anonyme de leur boutique.

Mrs Breedlove s'est glissée hors du lit sans faire de bruit, a enfilé un pull par-dessus sa chemise de nuit (qui était une vieille robe) et est allée vers la cuisine. Son pied valide faisait un bruit dur et osseux; celui qui était tordu chuchotait sur le linoléum. Dans la cuisine, elle a fait des bruits avec les portes, les robinets et les casseroles. Ces bruits sonnaient creux mais pas les menaces qu'ils impliquaient. Pecola a ouvert les yeux en restant allongée à regarder fixement le poêle éteint. Cholly a marmonné quelque chose, s'est agité quelque temps dans le lit et s'est calmé.

Même de l'endroit où elle était allongée, Pecola pouvait sentir l'odeur de whisky de Cholly. Les bruits dans la cuisine sont devenus plus forts et ont sonné moins creux. Les mouvements de Mrs Breedlove avaient un sens et un but et étaient sans aucun rapport avec la préparation du petit déjeuner. Cette prise de conscience, renforcée par de nombreux exemples du passé, a fait que Pecola a contracté les muscles de son estomac et a retenu sa respiration.

Cholly était rentré saoul. Malheureusement, il était trop saoul pour qu'on le dispute, aussi tout allait éclater ce matin. Parce qu'elle n'avait pas eu lieu immédiatement, la bagarre qui arrivait manquerait de spontanéité ; elle serait calculée, banale et meurtrière. Mrs Breedlove est entrée rapidement dans la chambre et s'est arrêtée au pied du lit où était couché Cholly.

« J'ai besoin de charbon. »

Cholly n'a pas bougé.

« Tu m'entends ? » Mrs Breedlove a piqué le pied de Cholly.

Cholly a ouvert lentement les yeux. Ils étaient rouges et menaçants. Il avait les yeux les plus méchants de la ville, sans aucune exception.

« Ahhhh, sale bonne femme.

– J'ai dit que j'avais besoin de charbon. Cette maison est froide comme des nichons de sorcière. Ton cul plein de whisky ne sentirait pas le feu de l'enfer, mais j'ai froid. J'ai plein de choses à faire, mais je veux pas me geler.

– Laisse-moi tranquille.

– Pas avant que tu sois allé me chercher du charbon. Si travailler comme une mule ne me donne pas le droit d'avoir chaud, pourquoi est-ce que je continuerais ? Pour ce que tu rapportes à la maison ! S'il n'y avait que toi, on serait tous morts... » Sa voix était comme un mal aux oreilles dans le cerveau. « ... Si tu t'imagines que je vais sortir dans le froid pour aller en chercher, tu te fais des illusions.

– J'en ai rien à foutre comment t'en trouves. » Un bouillonnement de violence a éclaté dans la gorge de Cholly.

« Tu vas te décider à sortir ton corps de poivrot du lit pour aller me chercher du charbon, oui ou non. »

Silence.

« Cholly ! »

Silence.

« Pas de ça avec moi ce matin, mon vieux. Si tu dis encore un mot, je te fends en deux ! »

Silence.

« Très bien. Très bien. Mais si j'éternue une fois, rien qu'une fois, fais gaffe à toi ! »

Sammy était réveillé lui aussi mais il faisait semblant de dormir. Pecola contractait toujours les muscles de son estomac et retenait sa respiration. Ils savaient que Mrs Breedlove aurait pu, aurait dû aller chercher du charbon dans l'appentis ou qu'on pouvait envoyer Sammy ou Pecola. Mais la soirée sans dispute restait suspendue comme la première note d'un chant funèbre dans l'air maussade et dans l'attente. Même si une soûlographie était quelque chose d'habituel, elle avait son propre cérémonial bien établi. Les journées monotones que vivait Mrs Breedlove étaient identifiées, regroupées et classées d'après ces querelles. Elles donnaient une substance aux minutes et aux heures indistinctes que, sans elles, on aurait oubliées. Elles soulageaient de la fatigue de la pauvreté, elles donnaient une grandeur aux pièces mortes. Dans ces ruptures violentes de l'habitude, qui étaient elles-mêmes une habitude, elle pouvait étaler le style et l'imagination de ce qu'elle croyait être sa vraie nature. La priver de ces bagarres aurait été la priver de l'aspect agréable et raisonnable de la vie. Cholly, avec son penchant pour la boisson et sa mauvaise humeur, leur fournissait à tous deux la matière dont ils avaient besoin pour que leur vie soit tolérable. Mrs Breedlove se considérait comme une chrétienne intègre, affligée d'un bon à rien que Dieu voulait qu'elle punisse. (Évidemment, Cholly était au-delà de toute rédemption, et sa rédemption était à peine en question. Mrs Breedlove ne s'intéressait pas au Christ Rédempteur mais plutôt au Christ Vengeur.) Souvent, on pouvait l'entendre parler de Cholly avec Jésus, elle Le suppliait de l'aider à « faire tomber ce salaud de son " pied de stalle " d'orgueil ». Et une fois qu'un geste maladroit d'ivrogne avait précipité Cholly contre le poêle chauffé au rouge, elle s'était écriée : « Vas-y Jésus ! Tue-le ! » Si Cholly s'était arrêté de boire, elle ne l'aurait jamais pardonné à Jésus. Elle avait un besoin désespéré des péchés de Cholly. Plus il sombrait, plus il devenait irresponsable et fou, plus elle et son œuvre devenaient splendides. Au nom de Jésus.

Cholly avait autant besoin d'elle. Elle était une des rares choses qui lui répugnaient et qu'il pouvait toucher et, par conséquent, à qui il pouvait faire mal. Il déversait sur elle la somme de toute sa fureur inarticulée et de tous ses désirs avortés. En la haïssant, il pouvait se conserver intact. Quand il était encore très jeune, deux Blancs l'avaient surpris dans les buissons alors qu'il découvrait pour la première fois les plaisirs du sexe avec une petite fille de la campagne. Les hommes lui avaient éclairé les fesses avec une lampe de poche. Il s'était arrêté, terrifié. Ils avaient ricané. Le rayon de la lampe de poche ne bougeait pas. « Continuez, avaient-ils dit. Continuez et terminez. Allez, négro, fais ça bien. » La lumière de la lampe ne bougeait pas. Pour une raison quelconque, Cholly n'avait pas haï les Blancs ; il avait haï et méprisé la fille. Même un vague rappel de cet épisode, avec les milliers d'autres humiliations, de défaites et d'émasculations, pouvait le lancer dans une dépravation qui l'étonnait – mais seulement lui. D'une certaine façon, il ne pouvait pas surprendre. Il ne pouvait qu'être surpris. Alors, il avait aussi renoncé à ça.

Cholly et Mrs Breedlove se battaient avec un formalisme brutal et obscur qui n'avait d'égal que leurs rapports sexuels. Ils s'étaient mis d'accord tacitement pour ne pas se tuer. Il se battait contre elle comme un lâche se bat contre un homme – avec les pieds, la paume des mains et les dents. Elle, en revanche, lui répondait d'une façon purement féminine – avec des poêles et des tisonniers et occasionnellement un fer à repasser qui volait vers sa tête. Ils se battaient sans parler, sans grogner, sans jurer. On n'entendait que le bruit des objets qui tombaient et de la chair sur une chair non étonnée.

Il y avait une différence dans la réaction des enfants devant ces batailles. Sammy jurait pendant quelque temps, ou quittait la maison, ou se jetait dans la mêlée. A quatorze ans, il était connu pour s'être déjà sauvé de chez lui pas moins de vingt-sept fois. Une fois, il était allé à Buffalo où il était resté trois mois. Ses retours, soit de force, soit par hasard, étaient maussades. Pecola, pour sa part, retenue par son âge et son sexe, utilisait des méthodes d'endurance. Malgré la différence, sa douleur était aussi importante que profonde. Elle luttait contre le désir irrépressible d'en voir un tuer l'autre, et le désir secret de mourir elle-même. En ce moment, elle murmurait : « Non, Mrs Breedlove. Non. » Pecola, comme Sammy et Cholly, appelait toujours sa mère Mrs Breedlove.

« Non, Mrs Breedlove. Ne faites pas ça ! »

Mais Mrs Breedlove a fait ça.

Sans aucun doute par la grâce de Dieu, Mrs Breedlove a éternué. Une fois.

Elle est revenue dans la chambre avec une bassine pleine d'eau froide qu'elle a jetée au visage de Cholly. Il s'est assis, en suffoquant et en crachant. Nu et la peau d'un gris de cendre, il a sauté du lit, il a plaqué sa femme en la saisissant par la taille, et ils sont tombés tous les deux sur le sol. Cholly l'a relevée et l'a frappée avec le revers de la main. Elle est retombée, le dos appuyé contre le lit de Sammy. Elle n'avait pas lâché la bassine, et elle s'est mise à frapper Cholly sur les cuisses et à l'aine. Il lui a placé le pied sur la poitrine et elle a lâché la bassine. Il est tombé à genoux et l'a frappée plusieurs fois au visage, et elle aurait bientôt succombé si la main de Cholly n'avait pas heurté le cadre métallique du lit quand sa femme a baissé la tête. Mrs Breedlove a pris avantage de cette suspension momentanée des coups et elle a échappé à son mari. Sammy, qui avait observé en silence leur bagarre à côté de son lit, s'est mis brusquement à frapper son père sur la tête avec ses deux poings, en criant « Salaud ! » encore, encore et encore. Mrs Breedlove, ayant saisi le couvercle rond et plat du poêle, a couru sur la pointe des pieds vers Cholly qui se relevait, et elle lui en a assené deux grands coups, qui l'ont replongé dans l'inconscience d'où elle l'avait tiré quand elle l'avait provoqué. En haletant, elle a jeté un couvre-pieds sur lui et l'a laissé allongé là.

Sammy a crié : « Tue-le ! Tue-le ! »

Mrs Breedlove a regardé Sammy, étonnée. « Arrête de faire tout ce boucan, mon petit. » Elle a remis le couvercle du poêle en place et est retournée dans sa cuisine. A la porte, elle s'est arrêtée pour dire à son fils : « Lève-toi de toute façon. Il me faut du charbon. »

Pecola a recommencé à respirer normalement et a enfoui la tête sous la couverture. La sensation de nausée qu'elle avait essayé d'écarter en contractant son estomac est très vite revenue malgré ses précautions. Alors est monté en elle le désir de se lever, mais, comme d'habitude, elle a su qu'elle ne le ferait pas.

« S'il Te plaît, mon Dieu, a-t-elle murmuré dans la paume de sa main. S'il Te plaît, fais-moi disparaître. » Elle a serré les paupières. De petites parties de son corps disparaissaient. Parfois lentement, parfois brusquement. Lentement de nouveau. Ses doigts s'en allaient un par un ; puis ses bras ont disparu jusqu'au coude. Ses pieds maintenant. Oui, c'était bien. Les jambes, d'un seul coup. C'était plus dur au-dessus des cuisses. Elle devait être vraiment immobile et tirer. Son estomac ne voulait pas s'en aller. Mais lui aussi a fini par disparaître. Puis sa poitrine, son cou. Le visage était difficile, lui aussi. Ça y était, presque. Il ne restait que ses yeux serrés, serrés. Ils restaient toujours.

Malgré toutes ses tentatives, elle n'arrivait jamais à faire disparaître ses yeux. Alors, à quoi bon ? Ils étaient tout. Tout était là, en eux. Toutes les images, tous les visages. Elle avait depuis longtemps abandonné l'idée de s'enfuir pour voir de nouvelles images, de nouveaux visages comme Sammy l'avait souvent fait. Il ne l'emmenait jamais et il ne préparait pas ses fugues, aussi ce n'était jamais organisé. De toute façon, ça n'aurait pas marché. Tant qu'elle aurait cet air-là, tant qu'elle serait laide, elle ne les quitterait pas. On pourrait dire qu'elle faisait partie d'eux. Elle restait assise de longues heures à se regarder dans la glace, en essayant de découvrir le secret de la laideur, cette laideur qui faisait qu'à l'école, les professeurs et ses camarades l'ignoraient ou la méprisaient. Il n'y avait qu'elle dans la classe à être seule à une table de deux. La première lettre de son nom l'obligeait à s'asseoir au premier rang. Et Marie Appolonaire? Marie était devant elle, mais elle partageait une table avec Luke Angelino. Ses professeurs s'étaient toujours comportés avec elle de la même façon. Ils n'essayaient jamais de la regarder et ils ne s'adressaient à elle qu'après avoir interrogé tout le monde. Elle savait également que si une des filles de l'école voulait se montrer particulièrement insultante à l'égard d'un garçon, ou si elle voulait obtenir une réponse immédiate de lui, elle disait : « Bobby aime Pecola Breedlove! Bobby aime Pecola Breedlove! » et, à coup sûr, elle déclenchait des éclats de rire chez tous ceux qui l'entendaient, et une colère feinte chez l'insulté.

Depuis quelque temps, Pecola se disait que si ses yeux – ses yeux qui retenaient les images, et savaient ce qu'on peut voir –, si ses yeux avaient été différents, c'est-à-dire beaux, elle-même aurait été différente. Elle avait de belles dents, et un nez moins gros et moins épaté que celui de certaines filles qu'on trouvait mignonnes. Si elle avait été différente, belle peut-être, Cholly aurait peut-être été différent lui aussi, et Mrs Breedlove. On aurait peut-être dit : « Regarde, cette Pecola aux beaux yeux. Nous ne devons pas faire de vilaines choses devant ces jolis yeux. »

De jolis yeux. De jolis yeux bleus. De jolis yeux bleus et grands. Cours, Jip, cours. Jip court, Alice court. Alice a des yeux bleus. Jerry a deux yeux bleus. Jerry court. Alice court. Ils courent avec leurs yeux bleus. Deux paires d'yeux bleus. Deux paires de jolis yeux bleus. Des yeux bleu ciel. Des yeux du même bleu que le corsage bleu de Mrs Forrest. Des yeux bleus comme des volubilis. Des yeux bleus comme Alice et Jerry dans le livre de contes.

Chaque soir, sans faute, elle priait pour avoir des yeux bleus. Elle avait prié avec ferveur pendant un an. Si elle était un peu découragée, elle gardait encore de l'espoir. Pour qu'une chose aussi merveilleuse se produise, cela prendrait beaucoup beaucoup de temps.

Enfermée ainsi dans cette conviction étroite que seul un miracle pourrait soulager ses souffrances, elle ne connaîtrait jamais sa beauté. Elle ne pourrait voir que ce qu'il y avait à voir : les yeux des autres.

Elle descend Garden Avenue et se dirige vers une petite épicerie qui vend des bonbons. Elle a trois petites pièces dans sa chaussure – elles glissent entre sa chaussette et la semelle. A chaque pas, elle sent la pression douloureuse des pièces contre son pied. Une irritation douce, supportable et même agréable, pleine de promesses et de délicate tranquillité. Elle a tout son temps pour réfléchir à ce qu'elle va acheter. Mais, en ce moment, elle descend l'avenue, doucement bousculée par des images familières et par conséquent aimées. Les pissenlits au pied du poteau téléphonique. Pourquoi, se demande-t-elle, les gens disent-ils que c'est des mauvaises herbes? Elle les trouvait jolis. Mais les adultes disent : « Miss Dunion entretient très bien sa cour. Pas un seul pissenlit. » Des femmes d'immigrés, avec un fichu noir sur la tête, vont en remplir des paniers dans les champs. Mais elles ne veulent pas les fleurs jaunes, seulement les feuilles dentelées. Elles font de la soupe de pissenlit. Du vin de pissenlit. Personne n'aime les fleurs de pissenlit. Peut-être parce qu'on en trouve partout, qu'il y en a tant, et qu'elles sont dures.

Il y avait la fissure du trottoir en forme de « y » et une autre qui soulevait le ciment au-dessus du sol boueux. Elle y avait souvent trébuché. C'était facile de faire du patin à roulettes sur le trottoir, vieux mais lisse; les roues glissaient régulièrement, en faisant peu de bruit. Les trottoirs qu'on venait de paver étaient cahoteux et incommodes, et les roulettes grinçaient.

Elle voyait et reconnaissait d'autres choses inanimées. Pour elle, elles étaient vivantes. Elle les connaissait. Elles formaient les codes et les pierres de touche du monde, capables d'être déchiffrés et possédés. Elle possédait la fissure sur laquelle elle trébuchait; elle possédait les bouquets de pissenlits dont elles avait fait s'envoler les aigrettes blanches, l'automne dernier, en soufflant dessus; et ceux dont, cet automne, elle regardait les fleurs jaunes. Et cette possession la faisait appartenir au monde, et le monde devenait une part d'elle-même.

Elle monte les quatre marches de bois du magasin *Légumes frais, Viande et Alimentation. Chez Yacobowski.* Une clochette tinte quand elle ouvre la porte. Debout devant le comptoir, elle regarde la rangée de bonbons. Elle décide de prendre des Mary Jane. Trois pour un cent. La douceur résistante qui finit par céder pour libérer le beurre de cacahuète – l'huile et le sel qui s'accordent avec la douceur du caramel. L'estomac en était troublé par anticipation.

Elle enlève sa chaussure et prend les trois cents. La tête grise de Mr Yacobowski apparaît au-dessus du comptoir. Ses yeux quittent ses pensées pour rencontrer ceux de Pecola. Des yeux bleus. Chassieux. Lentement, comme l'été indien va vers l'automne de façon imperceptible, il regarde vers elle. Quelque part, entre la rétine et l'objet, entre la vision et la vue, ses yeux reculent, hésitent, errent. A un moment précis du temps et de l'espace, il sent qu'il n'a pas besoin de faire l'effort d'un regard. Il ne la voit pas, parce que pour lui il n'y a rien à voir. Comment un commerçant immigré de cinquante-deux ans, avec dans la bouche un goût de pommes de terre et de bière, l'esprit tourné vers la Vierge Marie aux yeux de biche, la sensibilité émoussée par la conscience permanente de l'échec, pourrait-il *voir* une petite fille noire? Rien dans sa vie ne lui a jamais laissé penser que cela était possible, pour ne pas dire désirable ou nécessaire.

« Ouais?

Elle lève les yeux vers lui, et voit le vide là où devrait se trouver la curiosité. Et quelque chose de plus. L'absence totale de reconnaissance humaine – la séparation glacée. Elle ne sait pas ce qui retient ce regard suspendu ainsi. Peut-être parce qu'il est adulte, que c'est un homme et elle une petite fille. Mais elle a déjà vu de l'intérêt, du dégoût et même de la colère dans les yeux des hommes. Pourtant ce vide n'est pas nouveau pour elle. Il a quelque chose de blessant; quelque part, sous la paupière inférieure, il y a du dégoût. Elle l'a vu tapi dans les yeux de tous les Blancs. Voilà. Le dégoût doit être pour elle, pour sa peau noire. Ici tout est mouvement et anticipation. Mais sa peau noire est immobilité et crainte. C'est sa peau noire qui explique, qui crée le vide marqué par le dégoût dans les yeux des Blancs.

Elle montre les Mary Jane du doigt – un petit morceau de doigt, l'extrémité posée sur la vitrine. L'affirmation calme et inoffensive de la tentative d'une enfant noire pour communiquer avec un adulte blanc.

« Ceux-là. » Le mot est plus soupir que signification.

« Quoi? Ceux-là? Ceux-là? » La patience et l'impatience se mêlent dans sa voix.

Elle secoue la tête, l'extrémité du doigt fixée sur l'endroit, qui, d'après ce qu'elle voit, désigne les Mary Jane. Il ne peut pas voir ce qu'elle voit – son angle de vision, l'inclinaison du doigt font qu'il ne peut pas comprendre. La grosse main rouge de l'homme s'agite autour du bocal de verre comme la tête agitée d'un poulet violenté par la perte de son corps.

« Mon Dieu. Pouvé pas parlère? »

Ses doigts effleurent les Mary Jane.

Elle fait oui de la tête.

« Alors pourquoi pas dire? Un? Combien? »

Pecola ouvre la main et montre les trois cents. Il lui tend trois Mary Jane – trois rectangles jaunes dans chaque paquet. Elle lui tend l'argent. Il hésite, ne voulant pas lui toucher la main. Elle ne sait pas comment retirer le doigt de sa main droite de la vitrine ni comment enlever les pièces de sa main gauche. Finalement il tend le bras et prend les cents. Ses ongles grattent la paume moite de Pecola.

Au-dehors, elle ressent l'inexplicable honte la quitter.

Des pissenlits. Un grand élan d'affection la porte vers eux. Mais ils ne la regardent pas et ne répondent pas à son amour. Elle se dit : « Ils sont laids. Ce sont de mauvaises herbes. » Bouleversée par cette révélation, elle trébuche sur la fissure du trottoir. Un sentiment de colère s'éveille et monte en elle; la colère lui ouvre la bouche et comme un jeune chien assoiffé, elle lape la vase de sa honte.

La colère est une meilleure compagne. Être en colère, cela a un sens. C'est une réalité et une présence. La conscience de sa valeur. C'est un remous agréable. Ses pensées en reviennent aux yeux de Mr Yacobowski, à sa voix patiente. Sa colère ne durera pas; le jeune chien est trop facilement rassasié. Sa soif trop rapidement étanchée, il s'endort. La honte se gonfle de nouveau et ses rigoles fangeuses coulent dans les yeux de Pecola. Que faire avant l'arrivée des larmes? Elle se souvient des Mary Jane.

Il y a une image sur chaque enveloppe jaune pâle. Une image de la petite Mary Jane, qui a donné son nom aux bonbons. Un visage souriant et blanc. Des cheveux blonds dans un agréable désordre, des yeux bleus qui la regardent depuis un monde confortable et propre. Les yeux sont vifs, malicieux. Pour Pecola ils sont simplement jolis. Elle mange le bonbon, et sa douceur est bonne. Manger le bonbon c'est un peu manger les yeux, manger Mary Jane. Aimer Mary Jane. Être Mary Jane.

Trois cents lui ont permis d'acheter neuf moments merveilleux de fusion avec Mary Jane. Merveilleuse Mary Jane dont un bonbon porte le nom.

Trois prostituées habitaient dans l'appartement au-dessus de la boutique des Breedlove. Chine, Pologne et Miss Marie. Pecola les aimait, elle allait les voir et faisait leurs courses. Elles, en échange, ne la méprisaient pas.

Un matin d'octobre, le matin triomphal du couvercle du poêle, Pecola a monté l'escalier jusqu'à leur appartement.

Avant même qu'on ait ouvert la porte elle a entendu Pologne qui chantait – une voix douce et ferme comme les fraises :

J'ai le blues dans le garde-manger
j'ai le blues dans l'ciboulot
j'ai le blues dans le garde-manger
j'ai le blues dans l'ciboulot
j'ai le blues dans mon pucier
parce que je dors en solo

« Bonjour, ma poulette. Qu'est-ce que t'as fait de tes socquettes ? » Marie appelait rarement Pecola deux fois de la même façon, mais elle choisissait ses épithètes affectueuses dans des menus et des plats qui étaient sa préoccupation constante.

« Bonjour, Miss Marie. Bonjour, Chine. Bonjour, Pologne.

– Tu entends ce que je te dis? Qu'est-ce que tu as de fait de tes socquettes? T'es nu-pieds nu-pattes comme un chien perdu.

– J'en ai pas trouvé.

– T'en as pas trouvé? Doit y avoir chez toi quelqu'un qui aime les chaussettes. »

Chine a un petit rire. A chaque fois que quelque chose manquait, Marie attribuait sa disparition à quelque chose dans la maison qui l'aimait. « Il y a quelque chose dans cette maison qui aime les soutiens-gorge », disait-elle inquiète.

Pologne et Chine se préparaient pour la soirée. Pologne repassait toujours et chantait toujours. Chine, assise sur une chaise de cuisine vert pâle, se frisait toujours les cheveux. Marie ne se préparait jamais.

Les femmes étaient accueillantes mais ne commençaient à parler que lentement. Pecola prenait toujours l'initiative avec Marie, qu'on ne pouvait plus arrêter une fois lancée.

« Comment est-ce que tu fais pour avoir autant d'amoureux, Miss Marie?

– Des amoureux? Des amoureux? Ma mignonnette, j'ai pas vu un seul gars depuis 1927.

– Alors t'en as jamais vu. » Chine a plongé les bigoudis chauds dans une boîte de lotion. Le liquide a sifflé au contact du métal chaud.

« Comment ça, Miss Marie? a demandé Pecola.

– Comment ça? Comment ça se fait que j'ai pas vu un seul gars depuis 1927? Parce qu'il y en a plus depuis cette date. C'est à ce moment-là que ça s'est arrêté. Les hommes ont commencé à naître vieux.

– Tu veux dire que c'est à ce moment-là que, toi aussi, tu as commencé à vieillir, a dit Chine.

– J'ai jamais vieilli. J'ai seulement grossi.

– C'est pareil.

– Tu crois que parce que t'es maigre, les gens pensent que t'es jeune? En te voyant, une asperge a envie de s'acheter une gaine.

– Et toi, t'as un cul comme une jument de brasseur.

– Tout ce que je sais, c'est que tes petits mollets de coq, ils sont aussi vieux que les miens.

– Te tracasses pas pour mes mollets de coq, c'est la première chose qu'ils écartent. »

Les trois femmes ont ri. Marie a rejeté la tête en arrière. Son rire montait d'elle comme le bruit de plusieurs rivières, libres, profondes, boueuses, à la recherche de la mer. Chine riait de façon nerveuse et convulsive. Chaque hoquet semblait lui être arraché par une main invisible, tirant sur une ficelle invisible. Pologne, qui parlait peu sauf quand elle était saoule, riait sans faire de bruit. Quand elle n'avait pas bu, elle fredonnait ou chantait des blues, et elle en connaissait beaucoup.

Pecola a touché du doigt les franges d'une écharpe posée sur le dossier d'un canapé. « Je n'ai jamais vu personne qui avait autant d'amoureux que vous, Miss Marie. Comment ça se fait qu'ils vous aiment tous? »

Marie a ouvert une bouteille de jus de fruits. « Qu'est-ce qu'ils pourraient faire d'autre? Ils savent que je suis riche et belle. Ils veulent glisser les orteils dans les boucles de mes cheveux, et mettre la main sur mon argent.

– Vous êtes riche, Miss Marie?

– Ma petite brioche, j'ai un magot.

– D'où est-ce que vous l'avez? Vous ne travaillez pas.

– Ouais, dit Chine, d'où est-ce que tu l'as?

– C'est Hoover qui me l'a donné. Je lui ai fait une faveur une fois, pour le F.B. et moi.

– Qu'est-ce que t'as fait?

– Une faveur. Ils voulaient attraper un escroc, tu vois. Il s'appelait Johnny. Une vraie crapule...

– On sait. » Chine a disposé une boucle.

« ... Le F.B. et moi lui voulait du mal. Il avait tué plus de gens que le bacille de Kock. Et si on le doublait? Ouah! Merde! Il vous aurait coursé tant qu'on avait de la terre sous les pieds. A l'époque, j'étais petite et mignonne. Pas quarante-cinq kilos toute mouillée.

– T'as jamais été toute mouillée, dit Chine.

– Et toi, t'as jamais été sèche. Ferme-la. Laisse-moi te dire une chose, ma petite pomme. J'étais la seule qu'il écoutait. Il allait piller une banque ou tuer quelqu'un et si je lui disais gentiment : " Johnny, tu ne devrais pas faire ça ", il me répondait que c'était pour me rapporter des jolies choses. Des culottes en dentelle et tout. Et tous les samedis, on avait une caisse de bières et on se faisait une petite friture. On faisait frire les poissons dans de la pate aux œufs, tu sais, et quand c'était doré et croustillant – mais pas dur – on ouvrait la bière fraîche... » Le regard de Marie s'attendrissait tandis que le souvenir de ces repas, autrefois, quelque part, la pétrifiait. Toutes ses histoires se terminaient par des descriptions de repas. Pecola voyait les dents de Marie s'enfoncer dans le dos croustillant d'un bar; elle voyait ses doigts boudinés remettre dans sa bouche de minuscules morceaux de poisson blanc qui s'étaient échappés de ses lèvres; elle entendait le *pop* de la capsule de la bouteille de bière; la bière froide lui glaçait la langue; elle sentait l'odeur âcre de la mousse; elle goûtait la bière froide sur sa langue. Elle a fini de rêver bien avant Marie.

« Et l'argent? » a-t-elle demandé.

Chine a poussé un cri : « Elle se prend pour la dame en rouge qui a dénoncé Dillinger. Dillinger t'aurait même pas regardée, sauf s'il avait été chasser en Afrique et qu'il t'avait tiré dessus en te prenant pour un hippopotame.

– Peut-être, mais cet hippopotame-là, elle était

drôlement chouette du temps où j'étais à Chicago. Ouah, merde, quatre-vingt-dix-neuf!

– Pourquoi est-ce que vous dites toujours “ ouah, merde ” avec un chiffre? » Pecola voulait savoir depuis longtemps.

« Parce que ma maman m'a appris à jamais jurer.

– Est-ce qu'elle t'a appris aussi à ne pas baisser ta culotte? demande Chine.

– J'en avais pas, a répondu Marie. Jamais vu une culotte avant mes quinze ans quand j'ai quitté Jackson pour aller travailler comme bonne à Cincinnati. Ma patronne, une Blanche, m'en a donné une de ses vieilles. J'ai pris ça pour un bonnet. Je me la suis mise sur la tête pour faire la poussière. Quand elle m'a vue, elle a failli en tomber à la renverse.

– Tu devais être bête comme tes pieds. » Chine a allumé une cigarette en laissant refroidir son fer à repasser.

« Comment j'aurais su? l'a interrompue Marie. Et à quoi ça sert de mettre quelque chose qu'on enlève tout le temps? Dewey, il m'a jamais laissée les garder assez longtemps pour que je m'y habitue.

– Dewey qui? » C'était quelqu'un de nouveau pour Pecola.

« Dewey qui? Ma poulette! Tu m'as jamais entendue parler de Dewey? » Marie était scandalisée par sa négligence.

« Non, m'dame.

– Oh, ma sucette, t'as raté le meilleur; ouah, merde, cent quatre-vingt-quinze. C'était quelqu'un de très bien. J'avais quatorze ans quand je l'ai rencontré. On est partis vivre ensemble pendant trois ans, comme mari et femme. Tu connais tous les mecs qui traînent dans le coin? Eh bien, cinquante d'entre eux arriveraient pas à la cheville de Dewey Prince. Ah, mon Dieu! Qu'est-ce qu'il m'aimait cet homme-là! »

Chine a enroulé une mèche de cheveux pour se

faire une frange. « Alors pourquoi il t'a laissée vendre tes fesses?

– Ma petite, quand j'ai découvert que je pouvais les vendre – qu'il y en avait qu'étaient prêts à payer cash pour ça –, j'en suis restée baba. »

Pologne a ri. Silencieusement. « Moi aussi. Ma tante m'a fichu une raclée la première fois, quand je lui ai dit que j'avais pas demandé d'argent. J'ai dit : " De l'argent? Pour quoi faire? Il ne me devait rien. " Elle m'a dit : " Je t'en fous qu'il ne te devait rien ! " »

Elles ont éclaté de rire.

Trois joyeuses gargouilles. Trois joyeuses mégères. Amusées par leur innocence perdue depuis longtemps. Elles n'appartenaient pas à ces générations de prostituées créées par les romans, au cœur noble et généreux, qui se consacraient, à cause de l'horreur des circonstances, à l'amélioration de la vie malheureuse et avide des hommes, et qui ne leur prenaient de l'argent qu'incidemment et humblement, en échange de la « compréhension » qu'elles manifestaient. Elles n'appartenaient pas non plus à cette génération de jeunes filles qui avaient mal tourné à cause d'un destin contraire, obligées de cultiver des défenses apparentes afin de protéger leur jeunesse de traumatismes supplémentaires, mais sachant parfaitement qu'elles étaient faites pour une vie meilleure et qu'elles pouvaient rendre un homme heureux. Ce n'était pas non plus des putains larmoyantes et faibles, incapables de gagner leur vie seules, qui se tournaient vers la consommation et le trafic de drogue ou vers les macs pour qu'ils les aident à achever leur autodestruction, et qui n'évitaient le suicide que pour punir le souvenir d'un père absent ou pour entretenir la détresse d'une mère silencieuse. A part l'amour légendaire de Marie pour Dewey Prince, ces femmes haïssaient les hommes, tous les hommes, sans honte, sans excuse ni discrimination. Elles insultaient leurs visiteurs avec un mépris devenu machinal avec l'habitude. Les Noirs, les Blancs, les Portoricains, les Mexicains, les juifs, les Polonais, tous – tous étaient minables et faibles, tous enduraient leur regard impitoyable et subissaient leur colère indifférente. Elles prenaient plaisir à les tromper. Tout le monde en ville connaissait l'histoire d'un juif qu'elles avaient entraîné chez elles, elles s'étaient précipitées toutes les trois sur lui, l'avaient soulevé en le tenant par les pieds et avaient fait tomber tout ce qu'il avait dans les poches, puis elles l'avaient jeté par la fenêtre.

Elles ne respectaient pas plus les femmes qui, bien que n'étant pas leurs collègues, si l'on peut dire, n'en trompaient pas moins leurs maris – de façon régulière ou irrégulière, cela ne faisait aucune différence. Elles les appelaient les « putes sucrées » et elles n'avaient pas envie d'être à leur place. Elles n'éprouvaient de respect qu'envers ce qu'elles appelaient les « bonnes chrétiennes de couleur ». La femme à la réputation sans tache, qui s'occupait de sa famille, qui ne buvait pas, ne fumait pas et ne courait pas. Ces femmes avaient leur affection éternelle mais secrète. Elles couchaient avec leurs maris et leur prenaient leur argent, mais toujours pour se venger.

Elles ne se préoccupaient pas non plus de protéger l'innocence de la jeunesse. Elles considéraient leur propre jeunesse comme une période d'ignorance et regrettaient de ne pas en avoir fait plus. Ce n'étaient pas des jeunes filles vêtues en prostituées, ni des prostituées qui regrettaient la perte de leur innocence. C'étaient des prostituées, vêtues comme des prostituées, des prostituées qui n'avaient jamais été jeunes et qui ne savaient pas ce qu'était l'innocence. Avec Pecola, elles parlaient aussi librement que lorsqu'elles se trouvaient entre elles. Marie lui inventait des histoires parce que c'était une enfant, mais il s'agissait d'histoires grossières et brutales. Si Pecola avait annoncé son intention de mener la même vie qu'elles, elles n'auraient pas essayé de l'en dissuader ni d'exprimer une inquiétude quelconque.

« Vous et Dewey Prince, vous avez eu des enfants, Miss Marie?

– Ouais. Ouais. On en a eu. » Marie s'est agitée. Elle a tiré une épingle de ses cheveux et s'est mise à se curer les dents. Cela signifiait qu'elle ne voulait plus parler.

Pecola est allée jusqu'à la fenêtre et a regardé la rue vide. Une touffe d'herbe avait réussi à pousser dans une fissure du trottoir, et le vent froid d'octobre soufflait sur elle. Elle a pensé à Dewey Prince et comme il aimait Miss Marie. A quoi ça ressemblait l'amour? s'est-elle demandé. Comment font les adultes quand ils s'aiment? Ils mangent du poisson ensemble? Dans ses yeux est apparue l'image de Cholly et de Mrs Breedlove au lit. Il faisait des bruits comme s'il avait mal, comme si quelque chose le tenait à la gorge et ne voulait plus le lâcher. Si terribles que soient ces bruits, on ne pouvait les comparer à l'absence totale de bruit de sa mère. On aurait cru qu'elle n'était plus là. C'était peut-être ça l'amour. Des bruits étouffés et le silence.

Elle a quitté la fenêtre des yeux et a regardé les trois femmes.

Chine avait changé d'avis sur sa frange et se faisait un petit chignon. Elle était habile pour créer des coiffures toujours différentes, mais chacune d'elles lui donnait l'air maigre et harassé. Puis elle se mettait un maquillage épais. En ce moment, elle se dessinait des sourcils étonnés et une bouche arquée comme celle d'un angelot. Plus tard, elle se ferait des sourcils orientaux et une bouche méchante.

Pologne, de sa voix de fraise sucrée, entama une nouvelle chanson :

Je connais un gars d'un brun doux comme le ciel
Je connais un gars d'un brun doux comme le ciel
La boue saute de joie quand ses pieds touchent le sol
Il a une démarche de paon
Des yeux de cuivre chaud
Un sourire de sorgho sucré
Sucré jusqu'à la dernière goutte
Je connais un gars d'un brun doux comme le ciel.

Marie était assise et épluchait des cacahuètes qu'elle se lançait dans la bouche. Pecola regardait intensément les trois femmes. Étaient-elles réelles? Marie a roté, doucement, en ronronnant, de façon adorable.

L'hiver

Le visage de papa est un paysage. L'hiver s'y installe et y règne. Ses yeux deviennent une falaise de neige qui menace de s'écrouler en avalanche ; ses sourcils se penchent comme les branches noires des arbres dénudés. Sa peau prend la teinte jaune pâle du triste soleil d'hiver ; en guise de mâchoire, il a un champ recouvert de neige d'où sortent des chaumes – son haut front est la surface gelée du lac Érié, qui cache les courants de ses pensées glacées tourbillonnant dans l'obscurité. Tueur de loups, devenu chasseur de faucons, il luttait jour et nuit pour chasser les premiers de la porte et les seconds de l'appui des fenêtres. Comme un Vulcain qui garde le feu, il nous explique quelle porte il faut fermer ou ouvrir pour bien répartir la chaleur, il prépare du petit bois, il parle des qualités de charbon, et nous apprend à secouer, entretenir et couvrir le feu. Et il n'ouvrira pas la bouche avant le printemps.

L'hiver nous serrait la tête dans un bandeau de froid et nous faisait fondre les yeux. Nous mettions du poivre dans nos bas, de la vaseline sur nos visages, et dans la glacière des petits matins obscurs nous regardions quatre pruneaux cuits, de la bouillie pâteuse de flocons d'avoine et du chocolat sous le toit de sa peau.

Mais nous attendions surtout le printemps où il y aurait de nouveau des jardins.

L'hiver s'est raidi pour devenir un nœud détestable, et bien que rien ne semblait pouvoir le desserrer, quelque chose a réussi à le faire, ou plutôt quelqu'un. Quelqu'un a brisé le nœud de fils d'argent qui s'enroulaient autour de nous, qui nous prenaient dans leur filet, qui nous faisaient regretter l'irritation monotone de l'ennui d'avant.

Ce quelqu'un qui a créé la rupture des saisons, c'était une nouvelle qui est arrivée à l'école et qui s'appelait Maureen Peal. Une enfant de rêve avec de longs cheveux châtains nattés en deux cordes de lynchage qui lui pendaient dans le dos. Elle était riche, au moins d'après nos critères, aussi riche que les plus riches des filles blanches, nées avec une cuiller d'argent dans la bouche. La qualité de ses vêtements menaçait de nous tourner la tête, Frieda et moi. Des souliers vernis avec des boucles, dont nous avions eu une version bon marché à Pâques et qui s'était désagrégée fin mai. Des pulls épais couleur citron, enfoncés dans des jupes avec des plis si ordonnés que nous en restions baba. Des chaussettes montant jusqu'aux genoux, aux couleurs vives avec un liseré blanc, un manteau de velours brun avec une bordure en fourrure de lapin blanc, et un manchon assorti. Il y avait une touche de printemps dans la prunelle de ses yeux verts, quelque chose d'estival dans son teint et une riche maturité automnale dans sa démarche.

Toute l'école était sous le charme. Quand les professeurs l'interrogeaient, ils lui souriaient pour l'encourager. Les garçons noirs ne la bousculaient pas dans les couloirs, les garçons blancs ne lui jetaient pas de pierres, les filles blanches ne pinçaient pas les lèvres quand elles devaient travailler avec elle; les filles noires s'écartaient quand elle voulait se servir du lavabo des toilettes, et leurs yeux faisaient des génuflexions sous leurs paupières baissées. Elle n'avait jamais besoin de chercher quelqu'un avec qui déjeuner à la cafétéria – les filles s'attroupaient autour de la table qu'elle choisissait ; elle déballait des repas délicats, elle faisait honte à notre pain imbibé de confiture avec des sandwiches œufs-salade coupés en quatre morceaux appétissants, des petits gâteaux givrés de rose, du céleri et des carottes et des pommes orgueilleuses. Elle achetait même du lait qu'elle aimait.

Frieda et moi, elle nous stupéfiait, nous irritait et nous fascinait. Nous lui cherchions à tout prix des défauts pour retrouver notre équilibre, mais au début nous avons dû nous contenter de ridiculiser son nom en transformant Maureen Peal en Meringue Pie. Plus tard, nous avons connu un petit triomphe en nous apercevant qu'elle avait une dent mal plantée, une dent de chien – charmante en fait, mais quand même mal plantée. Et quand nous avons découvert qu'elle était née avec un sixième doigt à chaque main et qu'elle avait une petite bosse à l'endroit où on les lui avait enlevés, nous avons souri. C'étaient de petites victoires mais nous nous contentions de ce que nous avions – nous ricanions derrière son dos et nous l'appelions six-doigts-dent-de chien-meringue-pie. Pourtant, nous devions le faire seules car aucune fille ne voulait partager notre hostilité. Les autres l'adoraient.

Quand on lui a donné le placard voisin du mien, j'ai laissé libre cours à ma jalousie quatre fois par jour. Ma sœur et moi, nous soupçonnions toutes deux que nous étions secrètement prêtes à devenir son amie, si elle voulait bien de nous, mais je savais que ce serait une amitié dangereuse parce que, quand mes yeux suivaient le liseré blanc de ses chaussettes vertes, et que je sentais mes propres bas marron qui faisaient des plis, j'avais envie de lui donner des coups de pied. Et quand je pensais à ses regards hautains que rien ne justifiait, j'imaginais la porte du placard qui se refermait accidentellement sur sa main.

Cependant, en tant que voisines, nous avons fini par nous connaître un peu et j'ai même pu tenir une conversation sensée avec elle sans l'imaginer tombant d'une falaise, et sans ricaner d'une façon que je pensais être intelligemment insultante.

Un jour, alors que j'attendais Frieda près de mon placard, elle est venue me rejoindre.

« Bonjour.

– Bonjour.

– Tu attends ta sœur ?

– Oui, oui.

– Par où est-ce que tu rentres chez toi ?

– Je descends la 21e Rue jusqu'à Broadway.

– Pourquoi est-ce que tu ne passes pas par la 22e Rue ?

– Parce que j'habite la 21e.

– Oh. Je peux passer par là, après tout. Sur une partie du chemin en tout cas.

– Tu es libre. »

Frieda s'est approchée de nous, ses bas bruns étaient trop tendus aux genoux car elle avait replié le bout en dessous des orteils pour cacher un trou.

« Maureen va faire une partie du chemin avec nous. »

Frieda et moi nous avons échangé un regard ; ses yeux me suppliaient de me contenir et les miens ne promettaient rien.

C'était une fausse journée de printemps, qui, comme Maureen, avait percé la coquille d'une journée d'hiver. Il y avait des flaques d'eau, de la boue et une chaleur tentante et trompeuse. Le genre de journée où nous mettions nos manteaux sur nos têtes, où nous laissions nos caoutchoucs à l'école et où nous revenions le lendemain avec une angine. Nous réagissions toujours au moindre changement de température, à la moindre modification du temps. Bien avant que les graines bougent, Frieda et moi, nous tâtions la terre, nous avalions de l'air, nous buvions la pluie...

En sortant de l'école avec Maureen nous avons commencé immédiatement à nous métamorphoser. Nous avons fourré nos écharpes dans nos poches et nous avons mis nos manteaux sur notre tête. Je me demandais comment faire tomber le manchon de fourrure dans le caniveau, quand une agitation sur le terrain de jeux a attiré notre attention. Des garçons faisaient cercle autour d'une victime, Pecola Breedlove.

Bay Boy, Woodrow Cain, Buddy Wilson, Junie Bug – ils l'entouraient comme un collier de pierres semi-précieuses. Troublés par leur propre odeur, encouragés par la puissance facile que donne le plus grand nombre, ils la harcelaient pour s'amuser.

« Noire-de-peau-Noire-de-peau. Ton père-dort-à-poil. Noire-de peau-noire-de-peau, ton père-dort-à-poil. Noire de peau... »

Ils avaient improvisé une chanson à partir de deux insultes sur des questions qui échappaient totalement à la victime, la couleur de sa peau et les habitudes nocturnes supposées d'un adulte, qui s'accordaient violemment dans leur incohérence. Le fait qu'eux-mêmes étaient noirs et que leurs pères avaient les mêmes habitudes un peu relâchées n'avait rien à voir dans l'histoire. C'était le mépris qu'ils éprouvaient pour leur propre couleur qui donnait son mordant à l'insulte. Ils semblaient avoir réuni toute leur ignorance doucement cultivée, leur haine de soi si bien apprise, leur désespoir minutieusement mis au point, pour en faire un paquet de violence et de mépris qui brûlait depuis toujours au plus profond de leur esprit – refroidi – et qui débordait de leurs lèvres d'outrage en consumant tout ce qui était sur son chemin. Ils dansaient un ballet macabre autour de leur victime, qu'ils s'apprêtaient à sacrifier dans les flammes.

Noire-de-peau-Noire-de-peau,

Ton-père-dort-à-poil.

Taratata.

Taratata.

Pecola tournait dans le cercle et pleurait. Elle avait laissé tomber son cahier et se couvrait les yeux avec les mains.

Nous regardions, effrayées qu'ils puissent nous voir et qu'ils retournent leur énergie contre nous. Brusquement, Frieda, les lèvres serrées et les yeux de maman, a enlevé son manteau de dessus sa tête et l'a jeté par terre. Elle s'est précipitée vers eux et, avec ses livres, a donné un violent coup sur la tête de Woodrow Cain. Le cercle s'est rompu. Woodrow Cain s'est pris la tête à deux mains.

« Hé ! Toi !

– Vous arrêtez ça tout de suite, compris ? » Je n'avais jamais entendu Frieda crier d'une voix aussi forte et aussi claire.

Peut-être parce que Frieda était plus grande que lui, peut-être parce qu'il a croisé son regard, peut-être parce que le jeu ne l'intéressait plus, ou peut-être parce qu'il en pinçait pour Frieda, quoi qu'il en soit Woodrow a eu l'air effrayé pendant assez longtemps pour donner du courage à Frieda.

« Laisse-la tranquille ou je dis à tout le monde ce que tu as fait ! »

Woodrow n'a pas répondu ; il a simplement fermé les yeux.

Bay Boy s'est mis à crier : « Allez ! On t'embête pas.

– Ferme-la, tête d'abruti. » J'avais retrouvé ma langue.

« Qui est-ce que t'appelles tête d'abruti ?

– C'est toi que j'appelle tête d'abruti, tête d'abruti. »

Frieda a pris la main de Pecola. « Viens.

– Tu veux mon poing dans la gueule ? » Bay Boy a levé son poing sur moi.

« Ouais. Donne-moi z'en un.

– Tu vas le recevoir. »

Maureen est apparue à côté de moi et les garçons ont semblé hésiter sous ses yeux de printemps que l'intérêt écarquillait. Ils ont flanché, confus, ne voulant pas tabasser trois filles sous son regard attentif. Ils écoutaient un instinct masculin en train de naître en eux, qui leur conseillait de faire comme si nous n'étions pas dignes de leur attention.

« Allez, vieux.

– Ouais. Allez. On n'a pas de temps à perdre avec elles. »

Ils se sont éloignés en marmonnant quelques épithètes d'indifférence.

J'ai ramassé le cahier de Pecola et le manteau de Frieda et nous avons quitté le terrain de jeux toutes les quatre.

« Cette tête d'abruti, il s'en prend toujours aux filles. »

Frieda était d'accord avec moi. « Miss Forrester a dit qu'il était incorrigivable.

– C'est vrai ? » Je ne savais pas ce que ça voulait dire mais le mot avait un son assez définitif pour s'appliquer à Bay Boy.

Tandis que, Frieda et moi, nous riions de la bagarre qui avait failli avoir lieu, Maureen, brusquement réveillée, a posé son bras couvert de velours sur les épaules de Pecola et a commencé à se conduire comme si elles étaient les meilleures amies du monde.

« Je viens d'arriver. Je m'appelle Maureen Peal. Et toi ?

– Pecola.

– Pecola ? Est-ce que ce n'était pas le nom de la fille dans *Imitation de la vie* ?

– Je sais pas. Qu'est-ce que c'est?

– Le film, tu sais. Il y a une fille mulâtre qui déteste sa mère parce qu'elle est noire et laide, mais à la fin, elle pleure à son enterrement. C'était très triste. Tout le monde pleure dans le film. Claudette Colbert aussi.

– Oh. » La voix de Pecola n'était qu'un soupir.

« Elle s'appelait aussi Pecola. Qu'est-ce qu'elle était belle! Quand ça repassera, je retournerai le revoir. Ma mère l'a vu quatre fois. »

Frieda et moi, nous marchions derrière elles, étonnées par l'amitié de Maureen à l'égard de Pecola, mais satisfaites. Elle n'était peut-être pas aussi mauvaise que ça, après tout. Frieda avait remis son manteau sur sa tête comme moi, et toutes les deux nous marchions, heureuses du vent chaud et de l'acte héroïque de Frieda.

« Tu es dans ma classe de gym, hein? a demandé Maureen à Pecola.

– Oui.

– Miss Erkmeister a les jambes drôlement arquées. Je parie qu'elle croit qu'elles sont belles. Comment ça se fait qu'elle porte des shorts et que nous on doive porter ces vieilles culottes bouffantes? A chaque fois que j'en mets une, j'ai envie de me cacher. »

Pecola souriait mais ne regardait pas Maureen.

« Hé. » Maureen s'est brusquement arrêtée. « Il y a un magasin Isaley. Tu veux une glace? J'ai de l'argent. »

Elle a ouvert la fermeture Éclair d'une poche cachée dans son manchon et en a sorti un billet de un dollar plié tout petit. Je lui ai pardonné ses chaussettes.

« Mon oncle a porté plainte contre les magasins Isaley, nous a dit Maureen. Contre le magasin Isaley d'Akron. Ils ont prétendu qu'il troublait l'ordre public et que c'était pour ça qu'ils n'avaient pas voulu le servir, mais un de ses amis, un policier, est venu témoigner, et mon oncle il a gagné son procès.

– Qu'est-ce que c'est un procès?

– C'est quand on peut les battre si on veut et que personne n'y peut rien. Dans ma famille, on en fait tout le temps. Nous croyons aux procès. »

A l'entrée du magasin Isaley, Maureen s'est retournée vers Frieda et moi, pour nous demander : « Vous venez acheter des glaces? »

Nous nous sommes regardées. « Non », a répondu Frieda.

Maureen a disparu dans le magasin avec Pecola. Frieda a regardé calmement la rue; j'ai ouvert la bouche mais je l'ai vite refermée. Il était extrêmement important que le monde ignore que j'espérais que Maureen nous achète des glaces, que pendant les cent vingt dernières secondes j'avais choisi le parfum, que j'avais commencé à aimer Maureen et qu'aucune de nous deux ne possédait un cent.

Nous supposions que Maureen était gentille avec Pecola à cause des garçons, et nous étions gênées d'être surprises – même l'une par l'autre – en train de penser qu'elle allait nous offrir une glace ou que nous en méritions une autant que Pecola.

Elles sont ressorties. Pecola avec deux boules orange-ananas, Maureen avec une boule framboise. « Vous auriez dû en acheter, a-t-elle dit. Ils ont tous les parfums. Ne mange pas le cornet jusqu'à la pointe, a-t-elle conseillé à Pecola.

– Pourquoi?

– Parce qu'il y a une mouche dedans.

– Comment tu le sais?

– Oh, pas vraiment. Une fois, une fille m'a dit qu'elle en avait trouvé une au fond du sien, et depuis elle jette toujours cette partie-là.

– Oh. »

Nous sommes passées devant le cinéma « Le Pays du Rêve » et Betty Grable nous a souri du haut des affiches.

« Tu ne l'aimes pas? a demandé Maureen.

– Euh... », a répondu Pecola.

J'ai émis une opinion différente. « J'aime mieux Hedy Lamarr. »

Maureen était d'accord. « Oooh! Oui. Ma mère m'a dit qu'une fille qui s'appelait Audrey était venue au salon de beauté, là où nous habitions avant, et qu'elle avait demandé qu'on la coiffe comme Hedy Lamarr; et la coiffeuse lui avait répondu : " Ah oui? Quand vous aurez des cheveux comme elle. " » Maureen a ri longtemps et doucement.

« Elle devait être folle, a dit Frieda.

– Complètement. Vous savez qu'elle n'a pas encore eu sa menstruation et qu'elle a seize ans. Tu l'as eue toi?

– Oui. » Pecola nous a jeté un coup d'œil.

« Moi aussi. » Maureen ne tenta pas de dissimuler sa fierté. « Ça a commencé il y a deux mois. Mon amie, à Toledo, où on habitait avant, m'a dit que quand ça lui était arrivé pour la première fois, elle avait eu peur à mourir. Elle pensait qu'elle s'était tuée.

– Tu sais à quoi ça sert? » Pecola a posé la question comme si elle espérait pouvoir fournir la réponse elle-même.

« C'est pour les bébés. » Maureen a soulevé deux sourcils soulignés d'un trait de crayon devant l'évidence de la question. « Les bébés ont besoin de sang quand ils sont à l'intérieur de toi et si tu attends un bébé alors tu n'as pas ta menstruation. Mais quand tu n'en attends pas, alors tu n'as pas besoin de garder le sang et il sort.

– Comment est-ce que les bébés prennent le sang? a demandé Pecola.

– Par le cordon. Tu sais, là où il y a ton nombril. C'est là que pousse le cordon qui pompe le sang pour le bébé.

– Et si des cordons poussent sur les nombrils

pour donner du sang aux bébés et s'il n'y a que les filles qui ont des bébés, pourquoi est-ce que les garçons ils ont des nombrils? »

Maureen a hésité. « Je ne sais pas, a-t-elle reconnu. Mais les garçons ont plein de choses qui ne leur servent à rien. » D'une certaine façon, son rire argentin était plus fort que nos rires nerveux. Elle a enroulé sa langue sur le bord du cornet, et a pris une bouchée de glace pourpre qui m'a fait venir de l'eau dans les yeux. Nous attendions qu'un feu passe au rouge. Maureen continuait à prendre des morceaux de glace sur le bord du cornet avec la langue; elle ne mordait pas dedans comme je l'aurais fait. Elle l'entourait avec la langue. Pecola avait fini sa glace; manifestement, Maureen aimait faire durer les choses. Pendant que je pensais à sa glace, elle avait dû réfléchir à sa dernière remarque, car elle a dit à Pecola : « Est-ce que tu as déjà vu un homme tout nu? »

Pecola a cligné des yeux puis a détourné le regard. « Non. Où est-ce que j'aurais vu un homme tout nu?

– Je ne sais pas. Je demandais, simplement.

– Si j'en voyais un, je le regarderais même pas. C'est sale. Qui est-ce qui a envie de voir un homme tout nu? » Pecola était troublée. « Un père se mettrait pas tout nu devant sa fille. Ou alors c'est qu'il serait sale.

– Je n'ai pas dit un " père ". J'ai simplement dit " un homme tout nu ".

– Eh bien...

– Pourquoi est-ce que tu as dit " un père "? » Maureen voulait savoir.

« Qui d'autre elle pourrait voir, dent-de-chien? » J'étais heureuse de pouvoir me mettre en colère. Pas seulement à cause de la glace mais parce que nous avions vu notre père tout nu et que ça nous était égal qu'on nous le rappelle, et que l'absence de honte nous faisait honte. Il descendait le couloir depuis la salle de bains jusqu'à sa chambre et il était passé devant notre porte ouverte. Nous étions allongées, les yeux grands ouverts. Il s'était arrêté pour essayer de voir dans l'obscurité si nous dormions – était-ce son imagination, mais il avait cru qu'on le regardait. Mais il avait dû penser que nous dormions. Il était reparti, sûr que ses deux petites filles ne restaient pas allongées comme ça dans le noir, les yeux écarquillés. Quand il a été parti, l'obscurité n'avait emporté que lui, pas sa nudité. Elle est restée dans la chambre, avec nous. Amicale.

« Je ne te parle pas, a dit Maureen. En outre, ça m'est égal qu'elle ait vu son père tout nu. Elle peut le regarder toute la journée si elle veut. Tout le monde s'en moque.

– Pas toi, dit Frieda. Tu ne parles que de ça.

– C'est pas vrai.

– Si. Les garçons, les bébés et un père tout nu. Tu dois être dingue des garçons.

– Tu ferais mieux de te taire.

– Qui va me faire taire ? » Frieda a posé la main sur la hanche et a tendu le visage vers Maureen. « T'es une petite fille bien sage. Une petite fille à sa maman.

– Arrête de parler de ma maman.

– Alors arrête de parler de mon papa.

– Qui est-ce qui a parlé de ton papa ?

– Toi.

– C'est toi qu'as commencé.

– Je ne te parlais même pas. Je parlais à Pecola.

– Ouais. Tu as dit qu'elle avait vu son père tout nu.

– Et alors, qu'est-ce que ça change si elle l'a vu ? »

Pecola a crié : « Je n'ai jamais vu mon papa tout nu. Jamais.

– Tu l'as vu, répondit Maureen. C'est Bay Boy qui l'a dit.

– Je l'ai pas vu.

– Tu l'as vu.
– Je l'ai pas vu.
– Si. T'as vu ton père tout nu! »
Pecola a rentré la tête – un mouvement drôle et triste, qui disait son impuissance. Une façon d'arrondir les épaules, de rentrer le cou, comme si elle voulait se cacher les oreilles.
J'ai dit : « Arrête de parler de son père.
– Qu'est-ce que j'en ai à faire de son vieux père noir? a demandé Maureen.
– Noir? Qui tu traites de noir?
– Vous!
– Tu te crois si mignonne! » Je lui ai lancé une gifle mais j'ai raté mon coup et c'est Pecola qui l'a reçue. Furieuse de ma maladresse, je lui ai jeté mon cahier, mais il n'a touché que le bas de son manteau de velours, parce qu'elle s'était retournée et qu'elle se sauvait dans la rue en remontant la circulation. A l'abri de l'autre côté, elle nous a crié : « Je suis mignonne! Vous êtes laides! Noires et laides et noires de peau. Moi, je suis mignonne! »
Elle s'est mise à courir et à cause de ses chaussettes vertes ses jambes ressemblaient à des tiges de pissenlits qui avaient perdu leurs fleurs quelque part. Sa remarque nous avait assommées et il nous a fallu une seconde ou deux pour reprendre nos esprits et crier :
« Six-doigts-dent-de-chien-meringue-pie! » Nous avons hurlé la plus forte insulte de notre répertoire tant que nous avons vu les tiges vertes et la fourrure de lapin.
Les gens regardaient de travers ces trois filles sur le bord du trottoir, le manteau accroché sur la tête, le col au bord des sourcils comme un habit de nonne, des jarretelles noires qui dépassaient là où elles pinçaient le haut de leurs bas marron couvrant à peine leurs genoux, des visages en colère noués comme des choux-fleurs noirs.

Pecola se tenait un peu à l'écart, les yeux fixés dans la direction que Maureen avait prise. Elle semblait se replier sur elle-même, comme une aile. Sa douleur me révoltait. Je voulais l'aider à s'ouvrir de nouveau, enfoncer un bâton dans ce dos voûté et courbé, l'obliger à se tenir droite et à cracher toute sa misère dans la rue. Mais elle la gardait en elle, d'où elle remontait jusqu'à ses yeux.

Frieda a retiré violemment son manteau de dessus sa tête. « Viens, Claudia. Au revoir, Pecola. »

Nous avons marché vite au début, puis plus lentement, en nous arrêtant de temps en temps pour fixer une jarretelle, rattacher nos lacets, nous gratter ou examiner de vieilles cicatrices. Nous nous laissions ensevelir par la sagesse, l'exactitude et la pertinence des dernières paroles de Maureen. Si elle était mignonne – et si on pouvait croire quelque chose, c'était bien ça – alors nous ne l'étions pas. Et qu'est-ce que ça voulait dire? Nous lui étions inférieures. Plus gentilles, plus vives, mais inférieures. Nous pouvions détruire des poupées mais nous ne pouvions pas détruire les voix douces des parents et des tantes, l'obéissance dans les yeux de nos égales, la lumière glissante dans le regard de nos professeurs quand ils rencontraient les Maureen Peal du monde. Quel était le secret? Que nous manquait-il? Pourquoi était-ce important? Et alors? Franches et dépourvues de vanité, nous nous aimions encore. Nous nous sentions bien dans notre peau, ce que nos sens nous faisaient découvrir nous réjouissait, nous admirions notre crasse, nous cultivions nos cicatrices, et nous ne pouvions comprendre cette indignité. Nous comprenions et trouvions normale la jalousie – le désir d'avoir ce que possédait quelqu'un d'autre; mais l'envie était pour nous un sentiment étrange et nouveau. Et, en même temps, nous savions que Maureen Peal n'était pas l'Ennemie, qu'elle ne méritait pas une si grande haine. *La chose* à craindre c'était ce qui la rendait belle et pas nous.

Quand nous avons ouvert la porte, la maison était calme. L'odeur âcre des navets qui cuisaient nous a fait venir à la bouche une salive aigre.

« Maman ! »

Pas de réponse mais un bruit de pieds. Mr Henry a descendu la moitié de l'escalier en traînant les pieds. Une grosse jambe sans poils dépassait de sa robe de chambre.

« Bonjour, Greta Garbo ; bonjour, Ginger Rogers. »

Nous avons eu notre petit rire habituel. « Bonjour, Mr Henry. Où est maman ?

– Elle est partie chez votre grand-mère. Elle a dit qu'il fallait arrêter les navets et manger des biscuits en attendant qu'elle revienne. Ils sont dans la cuisine. »

Nous nous sommes assises en silence devant la table en émiettant des biscuits pour faire des petits tas comme des fourmilières. Un petit moment après, Mr Henry a descendu l'escalier. Il avait mis son pantalon sous sa robe de chambre.

« Dites-moi, vous n'avez pas envie d'une glace ?

– Oh si, Mr Henry.

– Tenez. Voilà une pièce de vingt-cinq cents. Allez jusque chez Isaley et achetez-vous une glace. Vous avez été bien sages, hein ? »

Ses mots vert pâle redonnèrent ses couleurs à la journée. « Oui, monsieur. Merci, Mr Henry. Vous voulez bien le dire à maman si elle rentre ?

– Bien sûr. Mais elle ne va pas rentrer tout de suite. »

Nous avons quitté la maison sans manteau et nous étions déjà arrivées au coin de la rue quand Frieda a dit :

« Je ne veux pas aller chez Isaley.

– Quoi ?

– Je ne veux pas de glace. Je veux des chips.

– Ils en ont chez Isaley.

– Je sais, mais pourquoi faire tout ce chemin? Miss Bertha en a, des chips.

– Mais je veux une glace.

– Non, Claudia, tu n'en veux pas.

– Si, si.

– Alors, va chez Isaley toute seul. Moi, je vais chez Miss Bertha.

– Mais c'est toi qui as la pièce et je ne veux pas aller jusque là-bas toute seule.

– Alors, on va chez Miss Bertha. Tu aimes ses bonbons, non?

– C'est des vieux et il y en a toujours plein qu'elle n'a plus.

– Aujourd'hui c'est vendredi. Elle en commande des frais le vendredi.

– Et il y a ce vieux fou de Soaphead Church qui habite là-bas.

– Et alors? On est ensemble. On se sauvera s'il nous embête.

– Il me fait peur.

– Je ne veux pas aller chez Isaley. Et si Meringue Pie était dans le coin. T'as envie de la rencontrer, Claudia?

– D'accord, Frieda. Je vais m'acheter des bonbons. »

Miss Bertha tenait une petite boutique où elle vendait des bonbons et du tabac à priser et à fumer. Une pièce en briques sur le devant de sa cour. Il fallait regarder dans la boutique et si elle n'était pas là, on frappait à la porte de la maison, derrière. Ce jour-là, elle était assise derrière son comptoir et lisait la Bible dans un rayon de soleil.

Frieda a acheté des chips et trois barres de caramel pour dix cents, et il nous est resté dix cents. Nous sommes rentrées en courant pour nous asseoir sous les lilas à côté de la maison. Nous faisions toujours notre danse des bonbons à cet endroit-là, pour que Rosemary puisse nous voir et soit jalouse. La danse des bonbons consistait à fredonner des chansons, à sautiller, à taper des pieds, à manger et à claquer la langue en même temps, et cela nous prenait quand nous avions des bonbons. En nous glissant entre les buissons et la maison, nous avons entendu des voix et des rires. Nous avons regardé par la fenêtre de la salle de séjour en croyant voir maman. Mais à la place nous avons vu Mr Henry et deux femmes. Pour jouer, comme les grand-mères font avec les bébés, il suçait les doigts d'une des femmes dont le rire emplissait un espace minuscule au-dessus de sa tête. L'autre femme boutonnait son manteau. Nous avons su immédiatement de qui il s'agissait et nous en avons eu la chair de poule. L'une était Chine et l'autre s'appelait Ligne Maginot. Ma nuque me démangeait. C'étaient les prostituées aux ongles laqués rouge foncé que maman et grand-mère haïssaient. Et chez nous.

Chine n'était pas trop terrible, au moins dans notre imagination. Elle était maigre, âgée, distraite et inoffensive. Mais pas Ligne Maginot. C'était celle dont ma mère disait qu'elle « ne la laisserait pas manger dans une de ses assiettes ». C'était celle que les femmes qui allaient à l'église ne regardaient jamais. C'était celle qui avait tué des gens, qui les avait brûlés, empoisonnés, recouverts de soude caustique. Je trouvais que le visage de Ligne Maginot, caché derrière toute cette graisse, était très doux, mais j'en avais trop entendu à son sujet, j'avais vu trop de bouches se pincer quand on prononçait son nom pour m'attarder à ce qui aurait pu la racheter.

Mr Henry semblait vraiment plaire à Chine, qui montrait ses dents brunes. En le voyant lui lécher les doigts, on pensait aux magazines de femmes nues de sa chambre. Un vent froid a soufflé en moi et a soulevé de petites feuilles de terreur et un obscur désir. J'ai cru voir une expression de solitude passer sur le visage de Ligne Maginot. Mais c'était peut-être ma propre image que je voyais dans ses narines écartées, dans ses yeux qui me rappelaient des cascades dans des films sur Hawaï.

Ligne Maginot a bâillé et a dit : « Allez, Chine. On va pas rester ici toute la journée. Ils vont bientôt rentrer. » Elle s'est avancée vers la porte.

Frieda et moi, nous nous sommes aplaties sur le sol, le regard affolé. Quand les femmes ont été assez loin, nous sommes entrées. Mr Henry était dans la cuisine où il ouvrait une bouteille d'eau gazeuse.

« Déjà revenues ?

– Oui, monsieur.

– Vous avez mangé vos glaces ? » Ses petites dents semblaient bienveillantes et inoffensives. Est-ce que c'était vraiment notre Mr Henry qui suçait les doigts de Chine ?

« On a acheté des bonbons à la place.

– Ah oui ? Cette gourmande de Greta Garbo. »

Il a essuyé la bouteille et l'a portée à ses lèvres – un geste qui m'a mise mal à l'aise.

« C'était qui les deux femmes, Mr Henry ? »

Il s'est étranglé en buvant et a regardé Frieda. « Qu'est-ce que tu dis ?

– Ces femmes qui viennent de s'en aller. C'était qui ?

– Oh. » Il a ri du rire-de-l'adulte-qui-s'apprête-à-mentir. Un « Ha-ha » que nous connaissions bien. « Des membres de mon cours de Bible. Nous lisons les Écritures ensemble et elles sont venues aujourd'hui pour lire avec moi.

– Oh », a répondu Frieda. Je regardais les pantoufles de Mr Henry pour ne pas voir ses dents bienveillantes prononcer des mensonges. Il a monté quelques marches puis il s'est retourné vers nous.

« Il vaut mieux pas en parler à votre mère. Elle

n'aime pas trop l'étude de la Bible ni que j'aie de la visite, même si c'est de bonnes chrétiennes.

– Non, Mr Henry. On n'en parlera pas. »

Il a continué à monter l'escalier.

J'ai demandé : « Est-ce qu'on devrait en parler à maman ? »

Elle a soupiré. Elle n'avait même pas ouvert son paquet de chips ni ses bonbons et elle suivait du doigt les lettres sur le papier qui les emballait. Soudain, elle a levé la tête et ses yeux ont fait le tour de la cuisine.

« Non. Je ne pense pas. Elles n'ont pas sorti d'assiettes.

– Des assiettes? De quoi tu parles?

– Elles n'ont pas sorti d'assiettes. Ligne Maginot n'a pas mangé dans une assiette de maman. En plus, si on lui en parle, maman va faire des histoires toute la journée. »

Nous nous sommes assises et nous avons regardé les fourmilières que nous avions faites en effritant les biscuits.

« On devrait arrêter les navets. Ils vont brûler, et maman va nous flanquer une raclée, a-t-elle dit.

– Je sais.

– Mais si on les laisse brûler, on n'aura pas à les manger.

– Ho! C'est une chouette idée.

– Qu'est-ce que tu préfères, une raclée et pas de navets ou des navets et pas de raclée?

– Je ne sais pas. Peut-être qu'on devrait les laisser brûler juste un petit peu pour que maman et papa puissent en manger, mais on dirait qu'on les aime pas.

– D'accord. »

J'ai transformé mon tas de miettes en volcan.

« Frieda?

– Quoi?

– Qu'est-ce qu'il a fait Woodrow, que tu voulais dire?

– Il a fait pipi au lit. Mr Cain a dit à maman qu'il ne pouvait pas s'en empêcher.

– Le dégoûtant. »

Le ciel s'obscurcissait ; j'ai regardé par la fenêtre et j'ai vu qu'il neigeait. J'ai enfoncé le doigt dans le cratère de mon volcan et tout s'est écroulé, les miettes se sont dispersées en petits tourbillons. La marmite des navets a craqué.

VOICILECHATILFAITMIAOUMIAOUVIENSJOUERAVECJANELECHATNEVEUTPASJOUERJOUERJOUERJOUERJOUERJO

Elles viennent de Mobile. D'Aiken. De Newport News. De Marietta. De Meridian. Et les noms de ces endroits, quand elles les prononcent, font penser à l'amour. Quand on leur demande d'où elles sont, elles penchent la tête et disent « Mobile » et l'on croit avoir été embrassé. Elles disent « Aiken » et l'on voit le papillon blanc d'un regard passer une barrière avec une aile arrachée. Elles disent « Nagadoches » et l'on a envie de répondre : « Oui, je le veux. » On ne sait pas à quoi ressemblent ces villes mais on aime ce qui se passe dans l'air quand elles ouvrent les lèvres pour en laisser les noms s'envoler.

Meridian. Ce son ouvre les fenêtres d'une pièce comme les premières notes d'un cantique. Peu de gens peuvent dire le nom de leur ville natale avec une affection aussi subtile. Peut-être parce que les gens n'ont pas de ville natale, seulement des endroits où ils sont nés. Mais ces filles-là s'imprègnent du jus de leur ville natale, et cela ne les quitte jamais. Ce sont des filles maigres et brunes qui ont regardé pendant longtemps des roses trémières dans les arrière-cours de Meridian, de Mobile, d'Aiken et de Baton Rouge. Comme les roses trémières, elles sont maigres, grandes et immobiles. Elles ont des racines profondes, des tiges solides et seule leur cime fleurie se balance dans le vent. Elles ont les yeux des gens qui peuvent dire l'heure d'après la couleur du ciel. De telles filles habitent dans des quartiers noirs très calmes où tout le monde a du travail. Où il y a des balançoires sous des porches attachés à des chaînes. Où l'on coupe l'herbe à la faux, où un coq lisse ses plumes, où des tournesols poussent dans les cours et où il y a des pots de giroflées, de lierre et de langues-de-belle-mère sur les marches et l'appui des fenêtres. De telles filles ont acheté des pastèques et des haricots verts directement à un paysan dans sa voiture. Elles ont mis à la fenêtre le panneau de carton qui indique au livreur de glace un poids en livres sur trois côtés – « 10 livres, 25 livres, 50 livres » – et « Pas de glace » sur le quatrième. Ces filles métisses venues de Mobile et d'Aiken ne sont pas comme certaines de leurs sœurs. Elles ne sont ni maussades ni irritables ni criardes ; elles n'ont pas de jolis cous noirs qui s'étirent comme si elles portaient des cols invisibles ; leurs yeux ne mordent pas ; ces filles de Mobile à la peau couleur de sucre de canne marchent dans les rues sans déplacer d'air. Elles sont douces et simples comme des gâteaux au beurre. Des chevilles fines ; de longs pieds étroits. Elles se servent de savon orange Bouée de Sauvetage, elles se poudrent avec du talc Bouquet du Cachemire, elles se lavent les dents avec du sel sur un morceau de chiffon et assouplissent leur peau avec de la lotion Jergens. Elles sentent le bois, le papier journal et la vanille. Elles se décrêpent les cheveux avec du Dixie Peach et se font une raie sur le côté. Le soir, elles roulent leurs mèches autour de papillotes découpées dans des sacs de papier marron, elles s'attachent un foulard imprimé autour de la tête et elles dorment les mains croisées sur l'estomac. Elles ne boivent pas, ne fument pas, ne jurent pas et elles appellent encore les rapports sexuels la « petite chose ». Elles sont seconds sopranos à la chorale et bien que leurs voix soient claires et assurées, on ne les choisit jamais pour les solos. Elles restent au deuxième rang, avec des corsages blancs amidonnés, et des jupes bleues que les repassages ont rendues presque violettes.

Elles vont dans des collèges techniques d'État, des écoles normales et apprennent à accomplir avec délicatesse le travail de l'homme blanc : enseignement ménager pour lui préparer ses repas ; pédagogie pour enseigner l'obéissance aux enfants noirs ; musique pour détendre le maître fatigué et distraire son âme engourdie. Elles apprennent là le reste de la leçon commencée dans ces maisons avec des balançoires sous le porche et des pots de giroflées : comment se tenir. Comment développer avec prudence le sens de l'épargne, la patience, les bonnes mœurs et les bonnes manières. En gros, comment se débarrasser de la frousse. La frousse terrible de la passion, la frousse de la nature, la peur du large éventail des émotions humaines.

A chaque fois que cette frousse surgit, elles la repoussent ; là où elle forme une croûte, elles la dissolvent ; là où elle suinte, fleurit ou s'accroche, elles la trouvent et la combattent jusqu'à ce qu'elle meure. Elles mènent cette bataille jusqu'à leur tombe. Le rire qui est un peu trop bruyant ; la prononciation un peu trop ronde ; le geste un peu trop généreux. Elles rentrent leur derrière de peur d'un balancement un peu trop libre ; quand elles mettent du rouge, elles ne se recouvrent jamais entièrement la bouche de peur que leurs lèvres soient trop épaisses et elles sont inquiètes, inquiètes, inquiètes à cause de leurs cheveux crépus.

Elles ne semblent jamais avoir de petits amis, mais elles se marient toujours. Certains hommes les regardent, sans en avoir l'air, et chacun d'eux sait que s'il a une fille comme ça chez lui, il dormira dans des draps bien blancs, mis à sécher sur des buissons de genévrier et repassés avec un fer très lourd. Il sait que de jolies fleurs de papier décoreront le portrait de sa mère et qu'il y aura une grosse Bible dans l'entrée. Il se sent en sécurité. Il sait que ses vêtements de travail seront reprisés, lavés et repassés le lundi, que sa chemise du dimanche, blanche et amidonnée, se gonflera sur un cintre, accrochée au montant de la porte. Il lui regarde les mains et sait qu'elles pétriront la pâte à gâteau; elles sentent l'odeur du café et du jambon frit; des flocons d'avoine blancs et fumants avec dessus une noix de beurre. Ses hanches lui assurent qu'elle portera des enfants facilement et sans souffrir. Et il a raison.

Ce qu'il ne sait pas c'est que cette fille simple, à la peau brune, construira son nid, brindille après brindille, qu'elle en fera son univers inviolable, et qu'elle montera la garde sur chaque plante, chaque herbe, chaque napperon, et cela même contre lui. Sans rien dire, elle remettra la lampe là où elle l'avait d'abord posée; elle desservira la table dès que la dernière bouchée sera avalée; elle essuiera la poignée de la porte quand une main graisseuse y aura touché. Un regard du coin de l'œil suffira pour lui dire d'aller fumer sur la véranda. Les enfants se rendront compte tout de suite qu'ils ne peuvent pas entrer dans sa cour pour reprendre leur ballon. Mais l'homme ignore ces choses-là. Il ne sait pas non plus qu'elle lui donnera son corps de façon restreinte et partielle. Il devra la pénétrer furtivement, en ne relevant sa chemise de nuit que jusqu'au nombril. Quand ils feront l'amour, il devra appuyer le poids de son corps sur ses coudes, apparemment pour ne pas lui faire mal aux seins, mais en réalité pour qu'elle n'ait pas à toucher ou à sentir une trop grande partie de son corps.

Tandis qu'il bougera en elle, elle se demandera pourquoi on n'a pas placé les organes intimes mais nécessaires à un endroit plus commode – comme l'aisselle, par exemple, ou la paume de la main. Un endroit qu'on peut atteindre facilement, rapidement et sans qu'on ait à se déshabiller. Elle se raidira quand elle sentira une de ses papillotes se défaire à cause des mouvements de l'amour; elle se souviendra de celle qui tombe pour pouvoir la remettre vite en place quand il en aura fini. Elle espère qu'il ne suera pas – l'humidité peut imprégner ses cheveux – et qu'elle restera sèche entre les jambes; elle déteste le bruit de succion qu'elles font quand elle est mouillée. Quand elle sentira qu'un spasme va le prendre, elle fera de rapides mouvements des hanches, lui enfoncera ses ongles dans le dos et retiendra sa respiration en faisant semblant d'avoir un orgasme. Elle se demandera peut-être de nouveau, pour la six centième fois, à quoi ça ressemblerait d'avoir *cette* sensation pendant que le pénis de son mari est en elle. Ce qu'elle a ressenti de plus proche, c'est quand elle a perdu sa serviette périodique, un jour, en marchant dans la rue. Doucement, très doucement. Puis une sensation légère mais délicieuse s'est formée dans son bas-ventre. Quand le plaisir a monté, elle a dû s'arrêter en pleine rue, serrer les cuisses pour le contenir. Ça doit ressembler à ça, se dit-elle, mais ça n'arrive jamais quand il est en elle. Quand il se retire, elle rabat sa chemise de nuit, se glisse hors du lit et va dans la salle de bains, soulagée.

Parfois, un être vivant éveillera son affection. Un chat, peut-être, qui aimera son ordre, sa précision et sa régularité; qui sera aussi propre et aussi calme qu'elle. Le chat s'installera tranquillement sur l'appui de la fenêtre et la caressera des yeux. Elle pourra le prendre dans les bras, laisser ses pattes arrière s'appuyer sur sa poitrine et ses pattes avant s'agripper à son épaule. Elle pourra caresser la fourrure douce et sentir en dessous la chair soumise. A son contact, le chat fera des grâces, s'étirera et ouvrira la gueule. Et elle acceptera la sensation étrangement agréable qui naîtra quand il se tortillera sous sa main et qu'il fermera à demi les yeux avec un débordement de plaisir sensuel. Quand elle préparera le repas sur la table, il tournera autour de ses jambes et le frémissement de sa fourrure remontera jusqu'à ses cuisses et fera trembler légèrement ses doigts dans la pâte à tarte.

Ou, quand elle sera assise, en train de lire « les pensées morales » dans *The Liberty Magazine*, le chat lui sautera sur les genoux. Elle câlinera cette douce boule de poils, et laissera la chaleur de l'animal pénétrer les parties intimes les plus profondes de son bas-ventre. Parfois le magazine glissera à terre et elle écartera un peu les jambes et tous deux resteront immobiles, en se balançant peut-être légèrement ensemble, en dormant légèrement ensemble, jusqu'à seize heures, quand l'intrus rentrera du travail vaguement impatient de savoir ce qu'il y a à dîner.

Le chat saura toujours qu'il est le premier dans son affection. Même quand elle aura un enfant. Car elle en aura un effectivement – facilement et sans souffrir. Mais un seul. Qu'on appellera Junior.

Une fille comme elle, venue de Mobile ou de Meridian ou d'Aiken, qui ne transpirait pas sous les bras ni entre les cuisses, qui sentait le bois et la vanille, qui avait fait des soufflés à l'école ménagère, est arrivée avec son mari, Louis, à Lorain, dans l'Ohio. Elle s'appelait Geraldine. Elle y a construit son nid, repassé des chemises, cultivé des giroflées en pot, joué avec le chat, et donné naissance à Louis Junior.

Geraldine ne voulait pas que son bébé, Junior,

pleure. Tant que ses besoins étaient physiques, elle pouvait y faire face – le confort et la faim. Il était brossé, baigné, huilé et chaussé. Geraldine ne lui parlait pas, ne gazouillait pas avec lui et ne se laissait pas aller à lui donner des rafales de baisers, mais elle veillait à ce que tous ses autres besoins soient satisfaits. L'enfant n'a pas mis longtemps à découvrir la différence dans le comportement de sa mère envers lui et envers le chat. En grandissant, il a appris à diriger la haine qu'il éprouvait pour sa mère sur le chat et il a passé des moments délicieux à le regarder souffrir. Le chat a survécu parce que Geraldine était rarement absente de la maison et elle pouvait consoler l'animal quand Junior l'avait maltraité.

Geraldine, Louis, Junior et le chat habitaient près du terrain de jeux de la Washington Irving School. Junior considérait que le terrain lui appartenait et les enfants de l'école enviaient la liberté qu'il avait de se lever plus tard, de rentrer chez lui pour déjeuner, et d'être maître du terrain de jeux après la classe. Il n'aimait pas voir les balançoires, les toboggans et les trapèzes vides et il essayait de faire que des enfants restent là le plus longtemps possible. Des Blancs; sa mère n'aimait pas qu'il joue avec des nègres. Elle lui avait expliqué la différence entre les métis et les Noirs. Ils étaient facilement identifiables. Les métis étaient propres et calmes; les nègres étaient sales et bruyants. Il appartenait au premier groupe : il portait une chemise blanche et un pantalon bleu; il avait les cheveux coupés le plus ras possible pour faire oublier toute idée de laine, et le coiffeur lui découpait une raie dans les cheveux. En hiver, sa mère lui mettait de la lotion Jergens sur le visage pour que sa peau ne devienne pas d'un gris cendré. Même s'il avait la peau claire, elle pouvait devenir grise. La séparation entre les métis et les Noirs n'était pas toujours évidente; des signes subtils et dénonciateurs menaçaient de l'ébrécher, et il fallait être constamment vigilant.

Junior avait envie de jouer avec les enfants noirs. Par-dessus tout, il voulait jouer au Roi de la Montagne et il voulait qu'ils le fassent dégringoler du haut du tas de sable et qu'ils roulent par-dessus lui. Il voulait sentir la dureté de leur corps, l'odeur de leur peau noire et dire « Va te chier » avec un naturel merveilleux. Il voulait s'asseoir avec eux sur le rebord du trottoir et comparer le tranchant de leurs couteaux de poche, la distance et la courbe des crachats. Dans les toilettes, il voulait partager avec eux les lauriers de celui qui pisse le plus loin et le plus longtemps. A une époque, Bay Boy et P.L. avaient été ses idoles. Progressivement, il avait reconnu avec sa mère que ni Bay Boy ni P.L. n'étaient assez bien pour lui. Il n'avait plus joué qu'avec Ralph Nisensky, qui avait deux ans de moins que lui, qui portait des lunettes et qui ne voulait rien *faire*. Junior s'amusait de plus en plus à embêter les filles. C'était facile de les faire crier et de s'enfuir en courant. Il riait beaucoup quand elles tombaient et qu'on voyait leur culotte. Quand elles se relevaient le visage rouge et fripé, il se sentait très bien. Il ne s'intéressait pas beaucoup aux filles noires. En général, elles se déplaçaient en groupe et, une fois, alors qu'il avait lancé une pierre à l'une d'elles, elles l'avaient poursuivi et lui avaient flanqué une raclée, comme des imbéciles. Il avait menti à sa mère en disant que c'était Bay Boy. Sa mère en avait été toute retournée. Son père avait continué à lire le *Journal* de Lorain.

Quand l'envie lui en prenait, il appelait un enfant qui passait pour qu'il vienne jouer avec lui sur les balançoires. Si l'enfant ne voulait pas, ou s'il venait mais s'en allait trop tôt, Junior lui jetait des cailloux. Il était devenu très bon tireur.

A la maison, il s'ennuyait ou il avait peur, et le terrain de jeux faisait sa joie. Un jour où il était resté particulièrement inactif, il a aperçu une petite fille noire qui prenait un raccourci en traversant le terrain. Elle baissait la tête en marchant. Il l'avait déjà vue souvent, seule, toujours seule, à la récréation. Personne ne jouait jamais avec elle. Sans doute, a-t-il pensé, parce qu'elle était laide.

Junior l'a appelée. « Hé! Pourquoi est-ce que tu traverses mon terrain de jeux? »

La petite fille s'est arrêtée.

« Personne n'a le droit de traverser le terrain sans mon autorisation.

– C'est pas à toi. C'est le terrain de l'école.

– Mais j'en suis responsable. »

La petite a continué son chemin.

« Attends. » Junior s'est approché d'elle. « Tu peux jouer ici, si tu veux. Comment tu t'appelles?

– Pecola. Je ne veux pas jouer.

– Allez. Je ne vais pas t'embêter.

– Il faut que je rentre à la maison.

– Écoute, tu veux voir quelque chose? J'ai quelque chose à te montrer.

– Non. Qu'est-ce que c'est?

– Viens chez moi. J'habite juste là-bas. Allez. Je vais te montrer.

– Me montrer quoi?

– Des petits chats. On a des petits chats. Je peux t'en donner un si tu veux.

– Des vrais?

– Ouais. Allez, viens. »

Il l'a tirée doucement par sa robe. Pecola s'est dirigée vers sa maison. Quand il a compris qu'elle avait accepté, Junior a couru en avant tout excité, en ne s'arrêtant que pour lui crier de se dépêcher. Il lui a tenu la porte ouverte, en souriant pour l'encourager. Pecola a monté les marches de la véranda et a hésité, effrayée à l'idée de le suivre. Il faisait sombre dans la maison. Junior a dit : « Il n'y a personne. Ma maman est sortie et mon père est au travail. Tu ne veux pas voir les petits chats? »

Junior a allumé. Pecola a franchi la porte.

Comme c'est beau, a-t-elle pensé. Quelle belle maison. Il y avait une grosse Bible rouge et or sur la table. On voyait des napperons de dentelle partout – sur les bras et les dossiers des fauteuils et au centre de la table de la salle à manger, sur les guéridons. Il y avait des pots de fleurs sur tous les appuis de fenêtres. Un portrait en couleurs de Jésus-Christ était accroché au mur avec, autour du cadre, de très jolies fleurs en papier. Elle voulait tout voir lentement, très lentement. Mais Junior n'arrêtait pas de lui dire : « Hé, tu viens? Allez. » Il l'a entraînée dans une autre pièce encore plus belle que la première. Des napperons de dentelle, une grande lampe avec un pied vert et or et un abat-jour blanc. Il y avait même un tapis sur le sol avec d'énormes fleurs rouge sombre. Elle était plongée dans l'admiration des fleurs quand Junior lui a dit : « Regarde! » Pecola s'est retournée. « Voici ton chat! » a-t-il crié et il lui a lancé un gros chat noir en plein visage. De peur et de surprise, elle a retenu sa respiration et a senti des poils dans la bouche. Le chat lui a griffé le visage et la poitrine en essayant de se redresser puis il a sauté souplement sur le sol.

Junior riait et courait autour de la pièce en se tenant le ventre de plaisir. Pecola a touché les griffures de son visage et a senti ses larmes monter. Quand elle s'est élancée vers la porte, Junior a bondi en face d'elle.

« Tu ne peux pas sortir. Tu es ma prisonnière », a-t-il dit. Il avait des yeux joyeux mais brutaux.

« Laisse-moi passer.

– Non! » Il l'a repoussée, a franchi la porte qui séparait les deux pièces et l'a maintenue fermée en poussant des deux mains. Pecola s'est mise à frapper sur la porte et ça n'a fait que renforcer le rire haletant et haut perché de Junior.

Ses larmes ont coulé et elle s'est enfoui le visage

dans ses mains. Quand quelque chose de doux et de velu a tourné autour de ses chevilles, elle a sursauté et a vu que c'était le chat. Il s'enroulait autour de ses jambes. Elle en a oublié sa peur un instant et s'est accroupie pour le caresser, les mains humides de larmes. Le chat se frottait contre ses genoux. Il était entièrement noir, un noir profond et soyeux, et ses yeux, dans des fentes penchées vers son nez, étaient d'un bleu vert. La lumière les faisait briller comme de la glace bleue. Pecola lui a gratté la tête; il a gémi, en donnant des petits coups de langue de plaisir. Les yeux bleus dans la tête noire la regardaient.

Junior, étonné de ne plus l'entendre pleurer, a ouvert la porte et l'a vue accroupie en train de caresser le chat. L'animal tendait la tête et fermait les yeux à demi. Il avait souvent vu cette expression quand l'animal répondait aux caresses de sa mère.

« Laisse mon chat! » Sa voix s'est brisée. D'un geste à la fois maladroit et sûr de lui, il a saisi une patte arrière du chat et l'a fait tourner en cercle autour de sa tête.

« Arrête! » Pecola hurlait. Les pattes libres du chat étaient raides, prêtes à attraper n'importe quoi pour retrouver l'équilibre, il ouvrait la gueule et avait les yeux à demi fermés de terreur.

Tout en continuant à crier, Pecola a voulu attraper la main de Junior. Elle a entendu sa robe se déchirer sous son bras. Junior essayait de la repousser mais elle a saisi le bras qui faisait tournoyer le chat. Ils sont tombés tous les deux et, dans la chute, Junior a lâché le pauvre animal qui s'est écrasé contre la fenêtre. Puis il a dégringolé sur le radiateur derrière le canapé. Après quelques frissons il est resté immobile. Il n'y avait qu'une légère odeur de poil roussi.

Geraldine a ouvert la porte.

« Qu'est-ce qui se passe? » Elle avait une voix douce comme si elle posait une question tout à fait raisonnable. « Qui est cette fille?

– Elle a tué le chat, a répondu Junior. Regarde. » Il tendait le doigt vers le radiateur où était allongé le chat, avec ses yeux bleus fermés, qui laissaient la tête noire, vide et inanimée.

Geraldine est allée jusqu'au radiateur et a ramassé le chat. Il était mou, mais elle a frotté son visage dans sa fourrure. Elle a regardé Pecola. Elle a vu la robe crasseuse et déchirée, les nattes qui se dressaient sur sa tête, les cheveux feutrés là où les nattes s'étaient défaites, les chaussures boueuses avec le rembourrage de caoutchouc qui sortait entre les semelles usées, les chaussettes sales dont l'une était rentrée dans le talon de la chaussure. Elle a vu l'épingle à nourrice qui tenait l'ourlet de la robe. Elle la regardait par-dessus le dos arqué du chat. Elle avait vu cette petite fille toute sa vie. Devant les fenêtres des bars à Mobile, traînant sur la véranda des maisons à la limite de la ville, assise dans des gares routières en tenant des sacs en papier et en pleurant vers des mères qui ne cessaient de répéter « Ta gueule ! ». Les cheveux pas coiffés, la robe déchirée, les chaussures aux lacets dénoués et boueux. Toutes l'avaient regardée avec de grands yeux qui ne comprenaient pas. Des yeux qui ne posaient pas de questions et qui demandaient tout. Toutes l'avaient regardée sans ciller et sans se troubler. Dans leurs yeux, il y avait la fin et le commencement du monde, et l'étendue désertique qui les séparait.

Il y en avait partout. Elles dormaient à six ensemble, et leurs pipis se mélangeaient dans la nuit car elles mouillaient leur lit, chacune perdue dans ses rêves de chips et de bonbons. Au cours des longues journées étouffantes, elles traînaient désœuvrées, arrachaient le plâtre des murs et creusaient la terre avec des bâtons. Elles s'asseyaient en rang sur le rebord du trottoir, elles s'entassaient dans des bancs à l'église en prenant la place des enfants métis, jolis et propres ; elles faisaient le pitre sur les terrains de jeux, cassaient des choses dans les magasins, couraient devant vous dans la rue et faisaient des glissades sur les trottoirs, en hiver. Les filles grandissaient sans savoir ce qu'était une gaine, et les garçons annonçaient leur virilité en mettant la visière de leur casquette à l'envers. L'herbe ne poussait pas là où elles habitaient. Les fleurs mouraient. Les stores tombaient. Les boîtes de conserve et les pneus se multipliaient. Elles se nourrissaient de haricots noirs et de jus orange. Elles erraient comme des mouches ; elles se posaient comme des mouches. Et celle-ci s'était posée dans sa maison. Elle la regardait par-dessus le dos arqué du chat.

« Sors d'ici, a-t-elle dit de sa voix calme. Sale petite garce noire. Sors de chez moi. »

Le chat a frissonné et sa queue a battu.

Pecola est sortie de la pièce en reculant et en regardant la jolie dame café au lait, dans la jolie maison vert et or, qui lui parlait à travers la fourrure du chat ; le souffle de chaque mot en séparait les poils. Pecola s'est retournée pour trouver la porte d'entrée et elle a vu Jésus qui la regardait avec des yeux tristes mais pas étonnés, ses longs cheveux séparés au milieu par une raie, le visage entouré de fleurs en papier très gaies.

Au-dehors, le vent de mars s'est engouffré dans les déchirures de sa robe. Elle a baissé la tête pour se protéger du froid. Mais pas suffisamment pour ne pas voir les flocons de neige qui tombaient et mouraient sur la chaussée.

Le printemps

Les premières tiges sont fines, vertes et souples. Elles se plient en un cercle complet mais ne se cassent pas. L'espoir délicat et voyant qui sortait des lilas et des forsythias ne signifiait qu'un changement dans la façon de se faire fouetter. On nous battait différemment au printemps. Au lieu de la douleur sourde d'une ceinture en hiver, il y avait maintenant ces badines vertes et nouvelles dont la piqûre cinglante durait bien après la raclée. La méchanceté inquiète dans ces longues badines nous faisait regretter les coups réguliers d'une ceinture ou la gifle ferme mais franche d'une brosse à cheveux. Aujourd'hui encore, pour moi, le printemps évoque le souvenir de la douleur des coups de badine et le forsythia ne me donne aucun plaisir.

Vautrée dans l'herbe d'un terrain vague, un samedi de printemps, je cassais des tiges de coton sauvage en pensant à des fourmis, à des noyaux de pêche et à la mort, et où s'en allait le monde quand je fermais les yeux. J'ai dû rester allongée longtemps dans l'herbe car l'ombre qui se trouvait devant moi quand j'étais partie avait disparu à mon retour. Je suis entrée dans la maison qui vibrait d'un calme inquiétant. Puis j'ai entendu ma mère qui chantait quelque chose parlant de trains et d'Arkansas. Elle est entrée par la porte de derrière avec des rideaux jaunes et pliés qu'elle a posés sur la table de la cuisine. Je me suis assise par terre pour entendre l'histoire de la chanson, et j'ai remarqué qu'elle se comportait de façon étrange. Elle avait encore son chapeau sur la tête et ses chaussures étaient sales comme si elle avait marché dans de la poussière. Elle a mis de l'eau à bouillir puis elle a balayé la véranda; elle a décroché la tringle à rideaux mais au lieu d'y raccrocher les rideaux humides, elle a commencé à balayer la véranda. Et pendant tout ce temps, elle chantait des histoires de trains et d'Arkansas.

Quand elle a eu fini, je suis partie à la recherche de Frieda. Je l'ai trouvée au premier, allongée sur notre lit où elle poussait les petits cris fatigués qui suivent les sanglots – surtout des hoquets et des frissons. Je me suis allongée près d'elle et j'ai regardé les minuscules bouquets de roses qui parsemaient sa robe. Les nombreux lavages en avaient fané les couleurs et atténué les contours.

« Qu'est-ce qu'il y a, Frieda? »

Elle a levé un visage gonflé de son bras replié. Tout en continuant à frissonner, elle s'est assise et a laissé ses jambes maigres pendre sur le bord du lit. Je me suis agenouillée et j'ai essuyé son nez qui coulait avec ma robe. Elle n'aimait pas qu'on s'essuie le nez avec sa robe. Mais elle n'a rien dit. C'était ainsi que maman faisait avec son tablier.

« Tu as reçu une raclée? »

Elle a secoué la tête pour dire non.

« Alors pourquoi est-ce que tu pleures?

– Parce que.

– Parce que quoi?

– Mr Henry.

– Qu'est-ce qu'il a fait?

– Papa l'a battu.

– Pour quelle raison? Ligne Maginot? Il a appris pour Ligne Maginot?

– Non.
– Quoi alors? Allez, Frieda. Pourquoi tu me dis pas?
– Il m'a... *touchée*.
– Touchée? Tu veux dire comme Soaphead Church?
– Un peu.
– Il t'a montré sa boutique?
– Non. Il m'a touchée.
– Où?
– Ici et ici. » Elle a montré les deux seins minuscules qui comme deux petits glands soulevaient quelques roses fanées sur sa robe.
« C'est vrai? Qu'est-ce que tu as senti?
– Oh, Claudia! » Elle avait l'air interloqué. Je ne posais pas les bonnes questions.
« Je n'ai rien senti.
– Mais tu aurais dû. Sentir quelque chose de bien, je veux dire. » Frieda a pincé les lèvres. « Qu'est-ce qu'il a fait? Il s'est seulement avancé et il les a touchés? »
Elle a poussé un soupir. « D'abord, il m'a dit que j'étais jolie. Puis il m'a pris le bras et il m'a touchée.
– Maman et papa, où est-ce qu'ils étaient?
– Ils désherbaient dans le jardin.
– Qu'est-ce que tu as dit quand il a fait ça?
– Rien. Je suis sortie de la cuisine en courant et je suis allée dans le jardin.
– Maman a dit qu'on ne devait pas traverser la voie ferrée toutes seules.
– Qu'est-ce que tu aurais fait à ma place? Tu serais restée là et tu l'aurais laissé te toucher? »
J'ai regardé ma poitrine. « Je n'ai rien à toucher. Je n'aurai jamais rien.
– Oh, Claudia. Tu es jalouse de tout. Tu voudrais qu'il te touche?
– Non. J'en ai seulement marre d'avoir toujours tout la dernière.

– C'est pas vrai. Et la scarlatine? Tu l'as eue la première.

– Oui, mais ça a pas duré. De toute façon qu'est-ce qui s'est passé au jardin?

– Je l'ai dit à maman et elle l'a dit à papa et on est tous revenus à la maison et il était parti, alors on l'a attendu et quand papa l'a vu entrer sur la véranda, il lui a jeté notre vieux tricycle à la tête et il est tombé.

– Il est mort?

– Non. Il s'est relevé et s'est mis à chanter : " Plus près de toi mon Dieu ". Alors maman lui a tapé dessus avec un balai et lui a dit de ne pas prononcer le nom de Dieu, mais il ne voulait pas s'arrêter et papa jurait et tout le monde poussait des cris.

– Oh, zut! Je rate toujours tout.

– Et Mr Buford est sorti en courant avec son fusil et maman lui a dit de s'en aller mais papa a dit non, de lui donner le fusil, et Mr Buford lui a donné et maman a hurlé, alors Mr Henry l'a fermée et s'est mis à courir mais papa lui a tiré dessus et Mr Henry a perdu ses chaussures et a continué à courir en chaussettes. Et Rosemary est sortie et a dit que papa irait en prison et je l'ai giflée.

– Fort?

– Très fort.

– Et c'est à ce moment-là que maman t'a battue?

– Elle ne m'a pas battue, je te l'ai déjà dit.

– Alors, pourquoi tu pleures?

– Miss Dunion est venue quand tout le monde a été calmé, et maman et papa se disputaient pour savoir lequel des deux avait fait venir Mr Henry, et elle a dit que maman devrait m'emmener chez le médecin, parce que j'étais peut-être perdue, et maman s'est remise à crier.

– Contre toi?

– Non. Contre Miss Dunion.

– Mais pourquoi tu pleurais?

– Je ne veux pas être *perdue*.

– Qu'est-ce que ça veut dire *perdue*?

– Tu sais bien. Comme Ligne Maginot. Elle est perdue. C'est maman qui l'a dit. » Elle a recommencé à pleurer.

Une image de Frieda, grosse et grasse, m'est venue à l'esprit. Ses jambes maigres enflées, le visage entouré par des couches de peau rougies. Moi aussi j'ai eu envie de pleurer.

« Mais Frieda, tu pourrais faire du sport et pas manger. »

Elle a haussé les épaules.

« Et Chine et Pologne alors? Elles aussi, elles sont perdues? Elles ne sont pas grosses pourtant.

– C'est parce qu'elles boivent du whisky. Maman dit que le whisky les ronge.

– Tu pourrais boire du whisky.

– Où est-ce que j'en trouverais, du whisky? »

Nous avons réfléchi. Personne ne voudrait nous en vendre; de toute façon, on n'avait pas d'argent. Il n'y en avait jamais à la maison. Qui pourrait en avoir?

J'ai dit : « Pecola. Son père est toujours saoul. Elle peut nous en donner un peu.

– Tu crois?

– Oui. Cholly est toujours saoul. On va aller lui en demander. On n'a pas besoin de lui dire pour quoi faire.

– Maintenant?

– Oui, maintenant.

– Qu'est-ce qu'on va dire à maman?

– Rien. On n'a qu'à sortir par-derrière. Une à la fois. Comme ça elle ne remarquera pas.

– D'accord. Vas-y la première, Claudia. »

Nous avons ouvert la porte en bas de la cour et nous avons descendu la ruelle en courant.

Pecola habitait de l'autre côté de Broadway. Nous n'étions jamais allées chez elle mais nous savions où c'était. Une bâtisse grise à un étage qui avait été un magasin en bas avec un appartement au premier.

Personne n'a répondu quand on a frappé à la porte d'entrée et nous sommes allées à la porte de côté. En nous approchant, nous avons entendu de la musique à la radio et nous avons regardé pour voir d'où ça venait. Au-dessus de nous, il y avait la terrasse du premier, fermée par une balustrade de guingois à moitié pourrie, et assise sur la terrasse, il y avait Ligne Maginot en personne. Machinalement nous nous sommes pris la main. C'était une vraie montagne de chair, allongée plutôt qu'assise dans un rocking chair. Elle n'avait pas de chaussures et chacun de ses pieds était coincé entre deux montants de la balustrade : de minuscules orteils de bébé au bout de pieds obèses; des chevilles enflées qui tendaient la peau et la rendaient lisse; des jambes massives comme des souches d'arbre qui se séparaient aux genoux, au-delà desquels s'étalait l'intérieur des cuisses flasques et molles qui s'embrassaient et se refermaient dans l'ombre profonde de sa robe. Une bouteille de liquide marron, comme un moignon brûlé, dépassait de sa main potelée. Elle nous regardait à travers la balustrade et elle a lancé un rot long et grave. Elle avait des yeux aussi propres que la pluie et de nouveau j'ai pensé à une cascade. Nous ne pouvions parler ni l'une ni l'autre. Nous pensions voir une image de la future Frieda. Ligne Maginot nous a souri.

« Vous cherchez quelqu'un? »

J'ai dû décoller de force ma langue de mon palais pour dire : « Pecola... elle habite ici?

– Oui, oui, mais elle est pas là. Elle a été où travaille sa maman pour prendre la lessive.

– Oh.

– Vous pouvez l'attendre. Vous voulez monter? »

Nous avons échangé un regard. J'ai relevé les yeux vers les larges routes vanille qui se croisaient dans l'ombre de sa robe.

Frieda a dit : « Non, m'dame.

– Bien. » Notre problème ne semblait pas intéresser Ligne Maginot. « Vous pouvez aller où travaille sa maman, mais c'est là-bas, au bord du lac.

– Où ça, au bord du lac?

– La grande maison blanche avec la brouette pleine de fleurs. »

C'était une maison que nous connaissions car nous avions admiré la grande brouette blanche penchée sur la roue à rayons et plantée de fleurs de saison.

« C'est pas trop loin pour vous d'y aller à pied? »

Frieda s'est gratté le genou.

« Pourquoi que vous l'attendez pas? Vous pouvez monter. Vous voulez un peu de soda? » Ses yeux remplis de pluie se sont éclairés, elle avait un large sourire pas comme le sourire retenu et pincé des autres adultes.

J'ai fait un pas vers l'escalier, mais Frieda a dit : « Non, m'dame, on n'a pas le droit. »

J'étais stupéfaite par son courage et effrayée par son culot. Ligne Maginot a souri : « Pas le droit?

– Non.

– Pas le droit de quoi?

– D'entrer chez vous.

– C'est vrai? » Les cascades étaient immobiles. « Comment ça?

– C'est ma maman qui l'a dit. Ma maman a dit que vous êtes perdue. »

Les cascades ont recommencé à bouger. Elle a porté la bouteille à ses lèvres et l'a vidée. D'un mouvement gracieux du poignet, un geste si rapide et si limité que nous l'avons à peine vu, que nous nous en sommes seulement souvenues par la suite, elle nous a jeté la bouteille par-dessus la balustrade. Elle a éclaté à nos pieds et des éclats de verre marron nous ont touché les jambes avant que nous ayons pu reculer. Ligne Maginot a posé une main grasse sur un des plis de son ventre et elle a ri. D'abord un bourdonnement profond, la bouche fermée, puis un bruit plus fort et plus chaleureux. Un rire, beau et effrayant. Elle penchait la tête sur le côté, fermait les yeux et secouait son corps massif en laissant son rire tomber comme une cascade de feuilles rouges autour de nous. Des bribes et des volutes du rire nous suivaient tandis que nous courions. Notre souffle nous a fait défaut en même temps que nos jambes. Après nous être reposées, appuyées contre un arbre, la tête sur nos bras croisés, j'ai dit : « Rentrons à la maison. »

Frieda était toujours de mauvaise humeur – elle croyait que sa vie était en jeu. « Non, il faut qu'on en trouve maintenant.

– On ne peut pas aller jusqu'au lac.

– Si. Allons-y.

– Maman va nous chercher.

– Non. Et si elle nous bat, qu'est-ce que ça fait? »

C'était vrai. Elle ne nous tuerait pas, elle n'aurait pas un rire terrible, elle ne nous jetterait pas de bouteille.

Nous avons descendu des rues bordées d'arbres avec des maisons grises, penchées comme des dames fatiguées... Les rues ont changé ; les maisons semblaient solides, la peinture plus fraîche, les piliers des vérandas plus droits, les cours plus profondes. Puis, il y a eu des maisons de brique, en retrait de la rue avec, devant, des jardins limités par des arbustes de velours vert taillés en cônes et en boules.

Les maisons qui se trouvaient au bord du lac étaient les plus jolies. Des meubles de jardin, des fenêtres brillantes comme des monocles, et aucun signe de vie. A l'arrière, les jardins descendaient doucement vers une bande de sable et les eaux bleues du lac Érié dont les vagues dansaient jusqu'au Canada. Le ciel, taché d'orange au-dessus du quartier des aciéries, n'atteignait pas cette partie de la ville. Ici, le ciel était toujours bleu.

Nous sommes arrivées au parc du Rivage, un jardin public avec des rosiers, des fontaines, des buis taillés et des tables de pique-nique. Il était vide et attendait des parents et des enfants blancs, propres et bien élevés qui, en été, jouaient là-bas au-dessus du lac avant de descendre la pente en courant et en trébuchant vers l'eau accueillante. Les Noirs n'avaient pas le droit d'entrer dans le parc et il hantait nos rêves.

Juste devant l'entrée, il y avait la grande maison blanche avec la brouette pleine de fleurs. Les feuilles courtes des crocus abritaient des cœurs violets et blancs qui voulaient tellement être les premiers qu'ils supportaient le froid et la pluie du début du printemps. L'allée était pavée dans un désordre calculé qui cachait une habile symétrie. Seuls la peur d'être découvertes et le fait de savoir que nous n'étions pas d'ici nous ont empêchées de flâner. Nous avons contourné l'orgueilleuse maison pour passer par l'arrière.

Pecola, vêtue d'un pull rouge clair et d'une robe de coton bleu, était assise sur le minuscule perron entouré d'une grille. Elle a semblé heureuse de nous voir.

– « Bonjour.

– Bonjour.

– Qu'est-ce que vous faites ici? » Elle souriait et comme cela était très rare, le plaisir que j'ai ressenti m'a étonnée.

« On te cherche.

– Qui vous a dit que j'étais ici?

– Ligne Maginot.

– Qui c'est?

– Tu sais, la grosse dame. Elle habite au-dessus de chez toi.

– Oh, vous voulez parler de Miss Marie. Elle s'appelle Miss Marie.

– Tout le monde l'appelle Miss Ligne Maginot. T'as pas peur?

– Peur de quoi?
– De Ligne Maginot. »
Pecola nous a regardées, sincèrement stupéfaite. « Pourquoi?
– Ta maman te laisse aller chez elle? Et manger dans ses assiettes?
– Elle ne sait pas que j'y vais. Miss Marie est très gentille. Elles sont toutes très gentilles. »
J'ai dit : « Ah, oui? Elle a essayé de nous tuer.
– Qui? Miss Marie? Elle n'embête personne.
– Alors pourquoi est-ce que ta maman ne veut pas que tu ailles chez elle si elle est tellement gentille?
– Je ne sais pas. Elle dit qu'elle est mauvaise, mais elles ne sont pas mauvaises. Elles me donnent tout le temps des choses.
– Quel genre de choses?
– Oh, plein de choses, de jolies robes, et des chaussures. J'ai plus de chaussures que j'en porterai jamais. Et des bijoux et des bonbons et de l'argent. Elles m'emmènent au cinéma et une fois nous sommes allées au carnaval. Chine va m'emmener à Cleveland pour voir le parc et Pologne à Chicago pour me faire voir le centre. Nous allons partout ensemble.
– T'es une menteuse. T'as pas de belles robes.
– Si, j'en ai.
– Allez, Pecola, pourquoi est-ce que tu nous racontes des menteries? lui a demandé Frieda.
– C'est pas de menteries. » Pecola s'est levée, prête à défendre ce qu'elle avait dit, quand la porte s'est ouverte.
Mrs Breedlove a passé la tête par la porte et a dit : « Qu'est-ce qui se passe ici? Pecola, qui c'est ces gosses?
– C'est Frieda et Claudia, Mrs Breedlove.
– Vous êtes les filles de qui? » Elle est sortie sur le perron. Elle était plus belle que je ne l'avais jamais vue, dans sa blouse blanche avec les cheveux relevés.

« Les filles de Mrs MacTeer, m'dame.
– Ah oui. Vous habitez de l'autre côté de la 21ᵉ Rue.
– Oui, m'dame.
– Qu'est-ce que vous êtes venues faire jusqu'ici?
– On se promène. On est venues voir Pecola.
– Bon, mais il vaut mieux retourner chez vous, maintenant. Vous pouvez partir avec Pecola. Entrez, le temps que j'aille chercher la lessive. »

Nous sommes entrées dans la cuisine, une grande pièce spacieuse. La peau de Mrs Breedlove brillait comme du taffetas dans le reflet de la porcelaine blanche, des boiseries blanches, des meubles cirés et des cuivres. Des parfums de viande, de légumes et de quelque chose qu'on venait de faire cuire se mêlaient à une odeur de lessive.

« Je vais chercher le linge. Ne bougez pas et ne touchez à rien. » Elle a disparu derrière des portes battantes blanches et nous avons entendu le bruit inégal de ses pas tandis qu'elle descendait au sous-sol.

Une autre porte s'est ouverte et une petite fille est entrée, plus petite et plus jeune que nous. Elle portait une robe bain-de-soleil rose et des pantoufles bouffantes roses avec des oreilles de petit lapin dressées à la pointe. Elle avait des cheveux jaunes comme le maïs, retenus par un large ruban. Quand elle a nous a vues, la peur a traversé son visage pendant une seconde. Elle a jeté un regard inquiet dans la cuisine.

« Où est Polly? » a-t-elle demandé.

Une violence bien connue s'est réveillée en moi. Le fait qu'elle appelle Mrs Breedlove « Polly », alors que même Pecola appelait sa mère Mrs Breedlove, me semblait une raison suffisante pour lui arracher les yeux.

J'ai dit : « Elle est en bas.
– Polly! a-t-elle crié.

– Regarde, m'a chuchoté Frieda. Regarde ça. » Sur une desserte, près de la cuisinière, dans un plat argenté, il y avait une tourte aux myrtilles. Le jus violet apparaissait ici et là sous la croûte. Nous nous sommes rapprochées.

« C'est encore brûlant », a dit Frieda.

Pecola a tendu la main pour toucher le plat, légèrement, pour voir si c'était très chaud.

« Polly, viens ici », a crié une nouvelle fois la petite fille.

C'était peut-être la nervosité ou la maladresse, mais le plat a basculé sous les doigts de Pecola et il est tombé par terre, et les myrtilles ont tout éclaboussé. Le jus a presque coulé entièrement sur les jambes de Pecola et la brûlure a dû être très douloureuse parce qu'elle a crié et elle s'est mise à sauter juste au moment où Mrs Breedlove entrait avec un sac bourré de lessive. Elle a fait deux pas vers Pecola et, du revers de la main, elle lui a donné une gifle qui l'a fait tomber par terre. Pecola a glissé dans le jus, une jambe repliée sous elle. Mrs Breedlove l'a prise par le bras et l'a relevée, puis elle l'a frappée à nouveau et d'une voix étranglée par la colère elle a couvert Pecola d'injures directement, et Frieda et moi indirectement.

« Imbécile... mon carrelage... regarde ce que tu... travail... fous-moi le camp... maintenant... » Ses mots étaient plus sombres et plus brûlants que les fruits fumants et nous avons reculé, effrayées.

La petite fille en rose s'est mise à pleurer. Mrs Breedlove s'est tournée vers elle : « Chut, ma chérie, chut. Allez. Oh, mon Dieu, regarde ta robe. Ne pleure plus. Polly va te la changer. » Elle est allée jusqu'à l'évier et a mouillé une serviette. Par-dessus son épaule, elle nous a craché des mots comme on crache des morceaux de pomme pourrie. « Prenez la lessive et fichez-moi le camp d'ici que je puisse nettoyer ce gâchis. »

Pecola a pris le sac plein de linge humide et nous avons filé. Tandis que Pecola mettait le sac dans la petite voiture, nous entendions Mrs Breedlove qui calmait les sanglots de la petite fille rose et jaune.

« Qui c'était, Polly?

– Ne t'inquiète pas, ma chérie.

– Tu vas me faire un autre gâteau?

– Bien sûr.

– Qui c'était, Polly?

– Chut. Ne t'inquiète pas », a-t-elle murmuré, et la douceur de ses paroles s'accordait au coucher du soleil qui s'étalait sur le lac.

VOICIMAMANMAMANESTTRÈSBELLEMAMA
NVEUXTUJOUERAVECJANEMAMANRITRIS
MAMANRISMAMANMAMANRISMAMANRIS

Le plus facile aurait été de tout mettre sur le compte de son pied. C'est d'ailleurs ce qu'elle a fait. Mais pour découvrir la vérité sur la façon dont meurent les rêves, il ne faut jamais croire ce que dit le rêveur. La fin de ses débuts prometteurs a probablement été le trou dans l'une de ses dents de devant. Mais elle préférait penser que c'était à cause de son pied. Elle était la neuvième de onze enfants et elle vivait sur une crête d'argile rouge de l'Alabama, à dix kilomètres de la route la plus proche, et pourtant l'indifférence totale, avec laquelle on avait considéré un clou rouillé qui lui avait traversé le pied alors qu'elle avait deux ans, avait sauvé Pauline Williams de l'anonymat. La blessure lui avait laissé un pied plat et tordu, qui tombait lourdement quand elle marchait – pas une claudication qui aurait fini par lui déformer la colonne vertébrale, mais une façon de soulever le pied comme si elle le tirait de petits tourbillons qui menaçaient de l'aspirer. Légère comme elle l'était, cette déformité expliquait les nombreuses choses qui, sinon, auraient été incompréhensibles ; la raison pour laquelle elle était la seule à ne pas avoir de surnom ; la raison pour laquelle on ne racontait aucune plaisanterie ni aucune anecdote amusante sur les choses drôles qu'elle avait faites; la raison pour laquelle personne ne remarquait jamais ce qu'elle aimait manger – on ne lui gardait jamais l'aile ou le cou, on ne lui faisait pas cuire ses petits pois dans une casserole à part, sans riz, parce qu'elle ne l'aimait pas; la raison pour laquelle personne ne la taquinait jamais; la raison pour laquelle elle ne se sentait jamais chez elle nulle part ou pour laquelle elle n'était de nulle part. Si elle se sentait isolée et indigne, elle en accusait son pied. Enfermée pendant son enfance dans le cocon de l'agitation de sa famille, elle avait cultivé des plaisirs calmes et secrets. Elle aimait surtout arranger les choses. Aligner des objets – des pots sur les étagères, des noyaux de pêche sur la marche, des bâtons, des pierres, des feuilles – et les membres de la famille n'y touchaient pas. Quand, par hasard, quelqu'un bousculait ses rangées, il s'arrêtait toujours pour les replacer, et elle ne se mettait jamais en colère parce que cela lui donnait l'occasion de les ranger de nouveau. Quels que soient les objets qu'elle trouvait, elle les organisait en rangées bien droites, en fonction de leur taille, de leur forme, des différences de couleur. De la même façon qu'elle ne plaçait jamais une aiguille de pin près d'une feuille de peuplier, elle ne rangeait jamais les bocaux de tomates à côté des bocaux de haricots verts. Pendant les quatre années où elle avait fréquenté l'école, elle avait été enchantée par les nombres et découragée par les mots. Elle avait raté les peintures et les crayons – mais sans le savoir.

Vers le début de la Première Guerre mondiale, les Williams ont découvert, par des voisins et des parents qui en revenaient, la possibilité de vivre mieux ailleurs. Par équipes, par groupes, par fournées, mêlés à d'autres familles, ils ont émigré en six mois et en quatre voyages vers le Kentucky où il y avait des mines et des aciéries.

« Quand nous avons quitté la maison et qu'on

attendait le camion près du dépôt, il faisait nuit. Des lucioles volaient partout. Elles éclairaient une feuille d'arbre et, de temps en temps, je voyais une tache de vert. C'est la dernière fois que j'ai vu des vraies lucioles. Par ici, c'est pas des vraies lucioles. C'est quelque chose d'autre. Les gens ici, ils appellent ça des vers luisants. Chez nous, là-bas, ils étaient différents. Mais je me rappelle des taches de vert. Je m'en souviens très bien. »

Au Kentucky, ils ont habité dans une vraie ville, dix ou quinze maisons au bord d'une seule rue, avec l'eau qui arrivait jusque dans la cuisine. Ada et Fowler Williams ont trouvé une maison préfabriquée de cinq pièces pour leur famille. La cour était fermée par une barrière qui avait été blanche, devant laquelle la mère de Pauline plantait des fleurs et à l'intérieur de laquelle elle élevait des poulets. Certains de ses frères se sont engagés dans l'armée, une de ses sœurs est morte et deux autres se sont mariées, ce qui a laissé plus de place à ceux qui restaient et a donné à l'aventure du Kentucky le sentiment du luxe. Le déménagement a été particulièrement agréable pour Pauline, qui avait l'âge de quitter l'école. Mrs Williams a trouvé un travail de femme de ménage et de cuisinière chez un pasteur blanc à l'autre bout de la ville et Pauline, qui était maintenant la plus âgée des filles de la famille, s'est occupée de la maison. Elle réparait la barrière en redressant les pieux pointus et en les attachant avec des morceaux de fil de fer, elle dénichait les œufs, balayait, cuisinait, lavait et prenait soin des deux plus jeunes enfants – des jumeaux qu'on appelait Chicken et Pie – et qui allaient encore à l'école. Non seulement elle tenait bien la maison mais cela lui plaisait. Quand ses parents étaient partis au travail et les autres enfants à l'école ou à la mine, la maison était silencieuse. Le calme et la solitude l'apaisaient et lui donnaient de l'énergie. Elle pouvait ranger et nettoyer sans être interrompue jusqu'à deux heures, quand Chicken et Pie revenaient.

A la fin de la guerre, quand les jumeaux ont eu dix ans, eux aussi ont quitté l'école pour aller travailler. Pauline avait quinze ans, elle s'occupait toujours de la maison mais avec moins d'enthousiasme. Des rêves sur les hommes et l'amour détournaient son esprit et ses mains de son travail. Les changements de temps ont commencé à l'affecter comme certains spectacles et certains bruits. Ces sensations se traduisaient en elle par une immense mélancolie. Elle pensait à la mort des choses qui venaient de naître, à des routes solitaires et à des inconnus qui sortaient de nulle part simplement pour vous tenir la main, à des forêts sur lesquelles le soleil était toujours en train de se coucher. Ces rêves se développaient en particulier à l'église. Les chants la caressaient, et tandis qu'elle essayait de maintenir son esprit sur le salaire du péché, son corps vibrait dans l'attente d'une rédemption, d'un salut, d'une mystérieuse renaissance qui arriverait simplement sans aucun effort de sa part. Dans ses rêves, elle n'était jamais agressive; en général, elle flânait sur la berge du fleuve, ou elle cueillait des baies dans la campagne, quand quelqu'un apparaissait, avec un regard doux et pénétrant et qui, sans qu'ils échangent un seul mot, comprenait; et devant ce regard, son pied se redressait et elle baissait les yeux. Ce quelqu'un n'avait ni visage ni forme ni voix ni odeur. C'était une simple Présence, une tendresse absolue avec de la force et la promesse du repos. Cela n'avait aucune importance qu'elle ne sache pas quoi faire ni quoi dire devant la Présence – après la reconnaissance muette et le contact silencieux, ses rêves se désintégraient. La Présence, elle, saurait quoi faire. Elle n'aurait qu'à poser la tête sur sa poitrine et il l'emmènerait vers la mer, vers la ville, vers les forêts... pour toujours.

Il y avait une femme qui s'appelait Ivy et qui semblait contenir dans sa bouche tous les bruits de l'âme de Pauline. Un peu à l'écart, dans le chœur, Ivy chantait l'obscure douceur que Pauline ne savait pas nommer ; elle chantait la mort qui est un défi à la mort, vers laquelle languissait Pauline ; elle chantait l'Inconnu qui *savait*...

O Seigneur prends ma main
Conduis-moi en chemin
Je suis lasse, épuisée, en émoi
Dans le vent, la poussière
Montre-moi la lumière
Prends ma main, ô Seigneur, conduis-moi

Dans la voie du malheur
Viens plus près, ô Seigneur
Dans la vie, je m'en vais, seule au loin
Vois mes pleurs et mes cris
Soutiens-moi dans la nuit
Conduis-moi, ô Seigneur, prends ma main

C'est pourquoi, quand l'Inconnu, le Quelqu'un, est sorti de nulle part, Pauline a été reconnaissante mais pas étonnée.

Il est arrivé dans le soleil du Kentucky, le jour le plus chaud de l'année. Il était grand, il était fort, il avait des yeux dorés, des narines vibrantes, et il est arrivé avec sa propre musique.

Pauline était appuyée à la barrière, les coudes sur la traverse entre les piquets. Elle venait de faire une pâte à gâteau et enlevait la farine qui lui restait sous les ongles. Elle a entendu siffler à une certaine distance derrière elle. Un de ces thèmes rapides et aigus que les Noirs inventent quand ils manient le balai ou la pelle ou simplement quand ils marchent. Une sorte de musique des rues dans laquelle le rire nie l'anxiété et dans laquelle la joie est aussi courte et droite que la lame d'un couteau de poche. Elle écoutait attentivement la musique et elle l'a laissée faire naître un sourire sur ses lèvres. Le sifflement est devenu plus fort et pourtant elle ne s'est pas retournée car elle voulait que ça dure. Tout en souriant et en s'accrochant à la brèche dans ses pensées solitaires, elle a senti quelque chose qui lui chatouillait le pied. Elle a ri et s'est retournée. L'homme qui sifflait était penché, il lui chatouillait son pied blessé et il lui embrassait la jambe. Elle ne pouvait s'arrêter de rire – pas avant qu'il la regarde et qu'elle voie le soleil du Kentucky noyer les yeux jaunes aux lourdes paupières de Cholly Breedlove.

« La première fois que j'ai vu Cholly, je veux que vous sachiez que c'était comme toutes les couleurs de là-bas, chez nous, quand nous les enfants, on était allés cueillir des mûres après un enterrement et que j'en avais mis dans la poche de ma robe du dimanche et qu'elles s'étaient écrasées en me tachant les hanches. Toute ma robe était violette et on n'a jamais pu la ravoir au lavage. Ni la robe ni moi. Je sentais cette couleur violette au plus profond de moi. Et la citronnade que maman faisait quand papa allait aux champs. Elle était fraîche et jaunâtre, avec des pépins qui flottaient au fond. Et ces taches de vert que les lucioles faisaient sur les arbres la nuit où on est partis de la maison. Toutes ces couleurs-là, elles étaient en moi. Installées là. Alors, quand Cholly est arrivé et m'a chatouillé le pied, c'était comme les mûres, comme la citronnade, comme les taches vertes que faisaient les lucioles, toutes sont arrivées en même temps. Cholly était mince à l'époque, avec de la vraie lumière dans les yeux. Il avait l'habitude de siffler et quand je l'ai entendu, j'ai eu des frissons partout sur la peau. »

Pauline et Cholly se sont aimés. Il semblait apprécier sa compagnie et même ses façons campagnardes et son ignorance des choses de la ville. Il lui parlait de son pied et, quand ils marchaient dans la ville ou dans les champs, il lui demandait si elle était fatiguée. Au lieu d'ignorer son infirmité, de faire semblant qu'elle n'existait pas, il en faisait quelque chose de particulier et de tendre. Pour la première fois, Pauline sentit que son mauvais pied était un avantage.

Et il la caressait, fermement mais tendrement, exactement comme elle en avait rêvé. Sans la lueur des couchers de soleil et la solitude des berges du fleuve. Elle se sentait en sécurité et lui en était reconnaissante; il était gentil et plein d'entrain. Elle n'avait jamais su qu'il y avait autant de rire dans le monde.

Ils étaient d'accord pour se marier et pour partir dans le Nord, où Cholly disait que les aciéries suppliaient pour avoir des ouvriers. Ils sont arrivés à Lorain, dans l'Ohio, jeunes, amoureux et pleins d'énergie. Cholly a trouvé tout de suite du travail dans les aciéries, et Pauline s'est occupée de la maison.

Puis elle a perdu une dent de devant. Mais il devait y avoir eu une tache, une tache brune qu'on pouvait facilement prendre pour de la nourriture mais qui ne s'en allait pas, qui est restée sur l'émail pendant des mois, et qui a grossi jusqu'à ce qu'elle pénètre la surface et entre dans la pulpe brune en dessous, pour finalement ronger la dent jusqu'à la racine mais en évitant les nerfs, de telle sorte que sa présence n'était ni sensible ni douloureuse. Puis la racine affaiblie, s'étant habituée au poison, a réagi un jour à une forte pression et la dent est tombée, laissant un chicot acéré. Mais même avant la petite tache brune, il devait y avoir eu les conditions, l'ensemble de choses qui lui permettraient d'exister.

Dans cette ville récente de l'Ohio, en pleine croissance, dont même les rues latérales étaient cimentées, qui était située au bord d'un lac bleu et calme, qui se vantait de la proximité d'Oberlin, la gare souterraine à quinze kilomètres de là, ce melting pot aux limites de l'Amérique, face au Canada froid mais accueillant – qu'est-ce qui pouvait aller mal?

« Cholly et moi nous nous entendions bien à l'époque. Nous sommes montés au Nord; on supposait qu'il y avait plus de travail et tout. Nous avons emménagé dans un deux-pièces au-dessus d'un magasin de meubles et je me suis occupée du ménage. Cholly travaillait à l'usine et tout avait l'air de bien marcher. Je ne sais pas ce qui s'est passé. Tout a changé. C'était difficile d'arriver à connaître des gens, et ma famille me manquait. Je n'avais pas l'habitude de voir autant de Blancs. Ceux que j'avais vus auparavant, ils étaient odieux mais on ne les voyait pas beaucoup. Je veux dire qu'on n'avait pas trop d'échanges avec eux. De temps en temps, dans les champs, ou au magasin. Mais ils voulaient tout de nous. Au Nord, il y en avait partout – à côté, en bas, dans les rues –, il y avait pas beaucoup de Noirs. Les Noirs du Nord étaient différents, eux aussi. Hautains. Aussi méchants que les Blancs. Ils vous faisaient vous sentir qu'on était moins que rien, et je m'attendais pas à ça d'eux. Ça a été la période la plus solitaire de ma vie. Je me rappelle que je regardais par les fenêtres en attendant que Cholly rentre à la maison à trois heures. Je n'avais même pas un chat à qui parler. »

Dans sa solitude, elle s'est tounée vers son mari pour trouver du réconfort, de l'amusement, des choses pour combler les vides. Le ménage ne suffisait pas; il n'y avait que deux pièces et pas de cour à ranger ou pour s'y déplacer. En ville, les femmes portaient des talons hauts et quand Pauline a essayé d'en mettre, cela a aggravé son pas traînant et lui a donné une claudication prononcée. Cholly était toute prévenance mais il a résisté à sa totale dépendance. Ils ont commencé à avoir de moins en moins de choses à se dire. Il n'a eu aucun problème à trouver d'autres gens et d'autres choses pour s'occuper – des hommes montaient toujours l'escalier pour venir le voir, et il était content de les raccompagner en la laissant toute seule. Pauline se sentait mal à l'aise avec les quelques femmes noires qu'elle rencontrait. Elle les amusait parce qu'elle ne se décrêpait pas les cheveux. Quand elle a essayé de se maquiller comme elles, cela a marché assez mal. Leurs moqueries et leurs ricanements étouffés sur sa façon de parler (elle disait « enfonts » pour « enfants ») et de s'habiller ont fait naître en elle le désir d'avoir d'autres vêtements. Quand Cholly a commencé à la disputer à cause de l'argent qu'elle lui demandait, elle a décidé de travailler. Elle a fait des ménages et ça l'aidait à s'acheter des vêtements et même des choses pour l'appartement, mais ça ne l'aidait pas avec Cholly. Il n'aimait pas ce qu'elle achetait et il le lui disait. Leur couple était déchiré par les disputes. Elle n'était encore qu'une jeune fille et elle attendait toujours ce pays du bonheur et la main d'un Seigneur qui viendrait plus près dans la voie du malheur. Mais maintenant, elle avait une idée plus précise de ce qu'était la voie du malheur. L'argent est devenu le centre de leurs disputes, celles de Cholly à cause des vêtements, et les siennes à cause de la boisson. Le plus triste, c'est que Pauline ne s'intéressait pas vraiment aux vêtements et au maquillage. Elle voulait simplement que les autres femmes la regardent avec bienveillance.

Après plusieurs mois de ménages elle a trouvé une place dans une famille aux ressources limitées et à la façon de vivre timide et prétentieuse.

« Cholly est devenu de plus en plus méchant et il voulait tout le temps se disputer. Je faisais de mon mieux avec lui. Il fallait. C'était comme si je ne faisais que travailler pour ma patronne et me disputer avec Cholly. Éreintant. Mais je m'accrochais à mon travail

même si travailler pour la patronne n'était pas seulement une idée. Ce n'était pas tellement sa méchanceté que sa bêtise. Toute la famille était comme elle. Ils ne se supportaient pas. On aurait cru qu'avec une jolie maison comme ça et tout leur argent, ils auraient aimé être ensemble. Elle s'emportait et pleurait pour un rien. Si une de ses amies lui raccrochait le téléphone au nez, elle se mettait à pleurer. Elle aurait dû être contente d'avoir un téléphone. J'en ai pas encore. Je me rappelle qu'une fois, son petit frère, qu'elle avait mis dans une école dentaire, ne les avait pas invités à une grande fête qu'il donnait. Ça en a fait une histoire. Tout le monde a téléphoné pendant des jours. Des chichis et des embarras. Elle m'a demandé : " Pauline, qu'est-ce que vous feriez si votre propre frère donnait une grande fête et ne vous invitait pas ? " Je lui ai répondu que si j'avais vraiment eu envie d'y aller j'y serais allée. Même si ça lui plaisait pas. Elle a fait la moue et a parlé comme si ce que j'avais dit était bête. Mais moi, je me disais que c'était elle qui était bête. Qui est-ce qui lui avait dit que son frère était son ami ? Les gens, ils aiment pas simplement parce qu'ils ont la même mère. Moi, j'ai essayé de l'aimer ma patronne. Elle était gentille, elle me donnait des affaires, mais je ne suis pas arrivée à l'aimer. Dès que je commençais à penser du bien d'elle, elle faisait quelque chose qui me plaisait pas, elle se mettait à m'expliquer comment m'y prendre. Si je l'avais laissée toute seule, elle se serait noyée dans la crasse. Je n'avais pas eu à m'occuper de Chicken et de Pie comme d'eux. Il n'y en avait pas un qui savait s'essuyer le derrière. Je le sais, parce que je faisais la lessive. Et ils n'étaient même pas capables de faire pipi comme il faut. Son mari, il arrivait pas à atteindre la cuvette. Les Blancs dégoûtants, c'est ce qu'il y a de plus dégoûtant. Mais j'aurais continué à tout accepter si Cholly il était pas venu où je travaillais, et ça s'est terminé. Il était saoul et il voulait de l'argent. Quand la femme blanche l'a vu, elle est devenue rouge. Elle a voulu jouer les dures mais elle avait une peur de tous les diables. Enfin, elle a dit à Cholly de partir sinon elle appelait la police. Il l'a injuriée et il me tirait par la manche pour que je m'en aille. Je l'aurais bien envoyé promener mais je ne voulais pas voir la police. Alors j'ai pris mes affaires et je suis partie. J'ai essayé de revenir mais elle ne voulait plus de moi si je restais avec Cholly. Elle m'a dit qu'elle voulait bien que je reste si je le quittais. J'y ai réfléchi. Mais ensuite, ça m'a pas semblé très malin pour une Noire de quitter un Noir pour une Blanche. Elle m'a jamais donné les onze dollars qu'elle me devait. Ça tombait mal. On nous avait coupé le gaz et je ne pouvais plus rien faire cuire. Je l'ai vraiment suppliée pour qu'elle me donne mon argent. Je suis allée la voir. Elle était hors d'elle. Elle n'arrêtait pas de dire que je lui devais mes vêtements et un vieux lit cassé qu'elle m'avait donné. Je ne savais pas si je lui devais quelque chose ou pas mais j'avais besoin de mon argent. Elle ne s'est pas laissé adoucir, même quand je lui ai donné ma parole que Cholly reviendrait jamais. Alors j'étais tellement désespérée que je lui ai demandé si elle ne voulait pas me le prêter, l'argent. Elle est restée silencieuse un instant et elle m'a dit que je ne devrais pas laisser un homme profiter de moi comme ça. Que je devrais avoir plus de respect, et que c'était le devoir de mon mari de payer les factures, et que s'il ne pouvait pas, je devais m'en aller et demander une pension alimentaire. Aussi simple que ça. Qu'est-ce qu'il me donnerait comme pension alimentaire ? J'ai vu qu'elle ne comprenait pas que tout ce que je voulais, c'était mes onze dollars pour payer le gaz et faire la cuisine. Elle n'arrivait pas à se mettre ça dans sa grosse tête. Elle n'arrêtait pas de répéter : « Est-ce que vous allez le quitter, Pauline ? » J'ai pensé qu'elle allait me donner mon argent si je lui disais oui, alors je lui ai dit : " Oui, m'dame. – Très bien, elle a dit. Vous le quittez, vous revenez travailler et on oublie le passé. – Je peux avoir mon argent aujourd'hui ? – Non, elle a dit. Seulement quand vous l'aurez quitté. Je ne pense qu'à vous et à votre avenir. Ce n'est pas un homme pour vous, Pauline, pas un homme pour vous. " Qu'est-ce qu'on peut répondre à une femme comme ça, qui ne sait même pas si un homme est pour vous ou non, et qui vous dit en coin qu'elle pense à votre avenir mais qui vous donne pas votre argent et vous pouvez rien vous acheter à manger ? Alors je lui ai dit : " C'est pas un homme pour moi, m'dame. Pas un homme pour moi. Mais tant pis, je crois que je ferais mieux de rester avec lui. " Elle s'est levée et je suis partie. Quand je suis sortie, j'avais mal dans le bas-ventre, parce que j'avais dû tellement serrer les jambes pour faire comprendre à cette femme. Mais je sais, aujourd'hui, qu'elle ne pouvait pas comprendre. Elle était mariée à un homme qui avait une balafre dans le visage à la place de la bouche. Alors, comment elle aurait pu comprendre ? »

Un hiver, Pauline a découvert qu'elle était enceinte. Quand elle l'a dit à Cholly, il l'a étonnée en se montrant heureux. Il a commencé à boire moins et à rester plus souvent à la maison. Ils ont retrouvé des relations qui ressemblaient plus au début de leur mariage, quand il lui demandait si elle était fatiguée ou si elle voulait qu'il lui rapporte quelque chose du magasin. Dans cette nouvelle tranquillité, Pauline s'est arrêtée de travailler en journée et s'est occupée de nouveau de sa maison. Mais la solitude des deux pièces était toujours là. Quand le soleil d'hiver éclairait la peinture perle écaillée des chaises de cuisine, quand du jarret fumé bouillait dans la marmite, quand le seul bruit qu'elle entendait était celui du camion qui chargeait des meubles au rez-de-chaussée, elle pensait à la maison de ses parents dans laquelle elle avait été aussi seule, mais la solitude était différente. Puis elle s'est arrêtée de regarder les chaises vertes et le camion de livraison ; à la place, elle est allée au cinéma. Là, dans l'obscurité, ses souvenirs lui revenaient et elle succombait à ses rêves anciens. En plus de l'idée de l'amour romantique, elle a découvert celle de la beauté physique. Les idées sans doute les plus destructrices de l'histoire de la pensée humaine. Toutes deux naissaient de l'envie, se développaient dans l'insécurité, pour finir en désillusion. En mettant la beauté physique sur le même plan que la vertu, elle se dépouillait l'esprit, l'enfermait et, par-dessus le marché, en éprouvait du mépris pour elle-même. Elle oubliait le désir et la simple attention. Elle considérait l'amour comme un accouplement possessif et le romanesque comme le but de l'esprit. Ce serait pour elle la source d'où elle tirerait les émotions les plus destructrices, en trompant l'amant, en cherchant à emprisonner celui qui est aimé, en amputant la liberté par tous les moyens.

Après son éducation au cinéma, elle n'a plus jamais été capable de regarder un visage sans lui assigner une catégorie dans l'échelle de la beauté absolue, et cette échelle était celle qu'elle avait apprise sur l'écran. Là-bas enfin, il y avait les bois obscurs, les routes solitaires, les berges du fleuve, les tendres yeux qui savaient. Là-bas, l'infirme devenait entier, l'aveugle voyait, et le boiteux et l'estropié jetaient leurs béquilles. Là-bas, la mort était morte, et les gens accomplissaient chaque geste dans un nuage de musique. Là-bas, les images en noir et blanc s'accordaient pour former un tout magnifique – projeté dans le rayon de lumière au-dessus et derrière.

C'était un plaisir simple, mais elle a appris tout ce qu'il fallait aimer et tout ce qu'il fallait haïr.

« Les seuls moments que j'ai été vraiment heureuse, c'est au cinéma. J'y allais tout le temps. J'arrivais de bonne heure, avant le début du film. Ils éteignaient et tout était noir. Quand l'écran s'allumait, je partais directement dans les images. Les hommes blancs qui prenaient tellement soin de leurs femmes, et ils s'habillaient tous dans de grandes maisons propres avec la baignoire dans la même pièce que la toilette. Ces films-là, ils me donnaient beaucoup de plaisir mais c'était dur de rentrer à la maison, et de retrouver Cholly. Je sais pas. Je me souviens une fois, je suis allée voir Clark Gable et Jean Harlow. Je m'étais coiffée comme elle, je l'avais vue sur un magazine. La raie sur le côté, avec une petite bouclette sur le front. Je lui ressemblais. Enfin, presque. De toute façon, je me suis assise dans ce cinéma avec mes cheveux coiffés comme ça, et j'ai passé un bon moment. Je me suis dit que j'allais revoir le film en entier une deuxième fois, et je suis allée me chercher des bonbons. Je suis revenue m'asseoir à ma place, j'ai croqué un bonbon et une de mes dents m'est tombée de la bouche. J'en aurais pleuré. J'avais de bonnes dents, pas une seule de pourrie. Je crois que je ne m'en suis jamais remise. J'étais là, enceinte de cinq mois, j'essayais de ressembler à Jean Harlow, et une dent de devant cassée. A partir de là tout a fichu le camp. C'était comme si plus rien m'intéressait après ça. J'ai arrêté de me coiffer à la Jean Harlow, je me suis refait des nattes et je me suis laissée redevenir laide. J'allais toujours au cinéma pourtant, mais tout a empiré. Je voulais retrouver ma dent. Cholly s'est moqué de moi et on a commencé à se battre. J'ai essayé de le tuer. Il ne m'a pas frappée trop fort, parce que j'étais enceinte je crois, mais les bagarres, une fois qu'elles ont commencé, elles ont continué. Il me rendait complètement folle et je ne pouvais pas

m'arrêter de lui taper dessus. Enfin, j'ai eu le bébé – un garçon – et après ça j'ai été encore enceinte d'un autre. Mais ça n'était pas comme j'avais pensé. Je les aimais tout ça, je crois, mais c'était peut-être de pas avoir d'argent, ou peut-être Cholly, mais c'est sûr ils m'ont rendu la vie impossible. Parfois je me surprenais en train de leur crier dessus, de leur taper dessus, et j'étais désolée pour eux, mais c'était comme si je pouvais pas m'arrêter. Quand j'ai eu mon deuxième, une fille, je me souviens que j'ai dit que je l'aimerais, tant pis à quoi elle ressemblerait. Elle ressemblait à une boule de poils noirs. Je ne me souviens pas d'avoir essayé de tomber enceinte la première fois. Mais la deuxième fois, j'ai vraiment tout fait pour. Peut-être parce que j'en avais déjà un et que j'avais plus peur. Enfin, je me sentais bien et je ne pensais pas à la grossesse, juste au bébé. J'ai pris l'habitude de lui parler alors qu'il était encore dans mon ventre. Comme de bons amis, on était. Vous savez. J'étendais la lessive et je savais que de lever les bras c'était pas bon pour lui. Je lui disais accroche-toi bien, je vais étendre ces guenilles, ne t'agite pas; ça va être bientôt fini. Il bougeait pas, rien. Ou je mélangeais quelque chose dans un bol pour l'aut'gosse et je lui parlais aussi. Vous savez, une petite conversation entre nous. Comme ça jusqu'à la fin, je me sentais bien avec ce bébé. Je suis allée à l'hôpital quand le moment est venu. Aussi je pouvais être tranquille. Je ne voulais pas accoucher à la maison comme j'avais fait avec le garçon. Ils m'ont mise dans une grande pièce avec plein d'autres femmes. Les douleurs sont arrivées mais pas trop dures. Un docteur un peu âgé est venu m'examiner. Il avait toutes sortes de trucs. Il a mis des gants sur une main et une espèce de gelée dessus et il me l'a fourrée entre les jambes. Quand il est parti, il y a encore d'autres docteurs qui sont venus. Un vieux et des jeunes. Le vieux, il enseignait les bébés aux jeunes. Il leur montrait comment faire.

Quand il est arrivé à moi, il a dit : " Avec ces femmes-là, on n'a aucun problème avec elles. Elles accouchent tout de suite sans douleur. Comme les juments. " Les jeunes ont eu un petit sourire. Ils ont regardé mon ventre et entre mes jambes. Ils m'ont rien dit. Y en a qu'un qui m'a regardée. Il a regardé mon visage, je veux dire. Je l'ai regardé moi aussi. Il a baissé les yeux et il est devenu rouge. Il savait, je pense, que je n'étais pas en train de pouliner. Mais eux, les autres, ils savaient pas. Ils ont continué. Je les ai vus qui parlaient à des femmes blanches : " Comment vous sentez-vous ? Vous allez avoir des jumeaux ? " Des banalités bien sûr, mais gentilles. Des choses gentilles et amicales. Je me suis énervée, et quand les douleurs sont devenues plus fortes, j'ai été contente. Contente d'avoir quelque chose d'autre à penser. J'ai poussé des cris affreux. Les douleurs n'étaient pas aussi fortes que je le laissais croire, mais il fallait que, ces gens-là, ils savent qu'avoir un bébé c'était pas seulement des coliques. J'avais mal exactement comme les femmes blanches. Simplement pass'que je criais pas et que je hurlais pas avant, ça voulait pas dire que je sentais pas de douleur. Qu'est-c'qui croyaient ? Que simplement pass'que je savais comment avoir un bébé sans faire de chichis, que mon derrière me tirait pas et me faisait pas mal comme à elles ? En plus, ce docteur ne savait pas de quoi il parlait. Il avait sûrement jamais vu une jument pouliner. Qui est-ce qui a dit qu'elles ne souffrent pas ? Simplement pass'qu'elles poussent pas de cris ? Pass'qu'elles peuvent pas le dire, ils pensent qu'elles sentent rien ? S'ils regardaient dans leurs yeux et s'ils voyaient les globes se retourner et leur regard triste, ils sauraient. Enfin, le bébé est venu. Un bon gros bébé en pleine santé. Elle était différente de ce que j'avais imaginé. C'est vrai que je lui avais tellement parlé avant, j'avais fini par la voir dans mon esprit. Aussi quand je l'ai vue en vrai, ça a été comme quand on regarde une photo de sa mère quand elle était petite fille. On sait qui c'est, mais elle n'est pas pareille. Ils me l'ont donnée pour que je l'allaite et on aurait dit qu'elle allait m'arracher les tétons. Elle a compris tout de suite. Pas comme Sammy, c'était le gosse le plus difficile à nourrir. Mais Pecola avait l'air de savoir tout de suite ce qu'il fallait faire. Un bébé bien éveillé qu'elle était. J'aimais bien la regarder. Vous savez, ils font des bruits de gourmands. Des yeux tout doux, tout humides. Un mélange de petit chien et de vieillard en train de mourir. Mais je savais qu'elle était laide. La tête couverte de jolis cheveux, mais Seigneur qu'est-ce qu'elle était laide. »

Sammy et Pecola étaient encore jeunes quand Pauline a dû recommencer à travailler. Elle était plus âgée maintenant et n'avait plus de temps pour les rêves et les films. Le moment était venu de remettre tous les morceaux ensemble, d'établir une cohérence là où auparavant il n'y en avait pas. Les enfants lui en donnaient le besoin; elle-même n'était plus une enfant. Aussi, elle a changé et pour se transformer, elle a fait comme la plupart d'entre nous : une haine est née en elle, dirigée contre tout ce qui la déroutait ou tout ce qui s'opposait à elle; elle a acquis des vertus faciles à maintenir; elle s'est donné un rôle dans le déroulement des choses; et elle a recherché une gratification dans le ressassement d'une époque plus simple.

Elle a pris sur elle l'entière responsabilité de soutien de famille, elle s'est fait reconnaître comme telle, et elle est retournée à l'église. Mais d'abord, elle a quitté le deux pièces pour aller s'installer dans le rez-de-chaussée spacieux d'une bâtisse qui avait été un magasin. Elle a pris sa revanche sur les femmes qui l'avaient méprisée, en devenant plus morale qu'elles ; elle s'est vengée de Cholly en l'obligeant à tolérer les faiblesses qu'elle méprisait. Elle a fréquenté une église où l'on voyait les cris d'un mauvais œil, elle est devenue membre d'une association de bienfaisance et membre du Cercle Féminin n° 1. Aux réunions de prières, elle se lamentait et soupirait sur la conduite de Cholly, et elle espérait que Dieu l'aiderait à tenir les enfants éloignés des péchés du père. Pour dire « les enfants », elle a cessé de dire « les enfonts » et, à la place, elle a dit les « enfints ».

Elle a perdu une autre dent et ça l'a laissée indifférente et elle s'indignait de voir des femmes maquillées qui ne pensaient qu'aux vêtements et aux hommes. Considérant Cholly comme l'exemple du péché et de l'échec, elle le portait comme une couronne d'épines et ses enfants comme une croix.

Elle a eu la chance de trouver un emploi stable dans une famille aisée dont les membres étaient affectueux, reconnaissants et généreux. Elle s'occupait de la maison, sentait leur linge, touchait les tentures de soie, elle aimait tout. La chemise de nuit rose de la petite fille, les piles de taies d'oreiller bordées de dentelle, les draps dont l'ourlet du dessus était décoré de bleuets. Elle est devenue ce qu'on appelle une domestique idéale car ce rôle répondait à tous ses désirs. Quand elle donnait un bain à la petite Fisher, c'était dans une baignoire de faïence avec des robinets argentés d'où coulaient des quantités infinies d'eau chaude et claire. Elle la séchait dans des serviettes blanches et épaisses et lui mettait une chemise de nuit douillette. Puis elle brossait ses cheveux blonds en prenant plaisir à les faire rouler et glisser entre ses doigts. Pas de baignoire en zinc, pas de bassines d'eau chauffée sur le poêle, pas de serviettes grisâtres, raides et floconneuses, lavées dans un évier de cuisine, séchées dans une cour poussiéreuse, pas de touffes de cheveux noirs et emmêlées à peigner. Bientôt elle a cessé de tenir sa maison. Les choses qu'elle avait les moyens de s'acheter ne duraient pas, n'avaient ni beauté ni style et étaient absorbées par la boutique défraîchie. Elle a négligé de plus en plus sa maison, ses enfants, son mari – ils étaient comme ces pensées qu'on a juste avant de s'endormir, les limites du petit matin ou du soir qui entouraient sa journée, les limites obscures qui rendaient plus claire sa vie quotidienne chez les Fisher, plus délicate, plus agréable. Là-bas, elle pouvait ranger des choses, les nettoyer, les placer de façon rigoureuse. Là-bas, son pied retombait sur des tapis profonds, et il n'y avait même pas de bruit irrégulier. Là-bas, elle avait découvert la beauté, l'ordre, la propreté et les éloges. Mr Fisher disait : « Je ferais mieux de vendre son jus de myrtille que des propriétés. » Elle régnait sur des placards remplis de nourriture qu'on ne mangeait pas pendant des semaines et même des mois ; c'était la reine des conserves de légumes achetés par cageots, des fondants et du sucre candi dans de petits plats d'argent. Les créanciers et les fonctionnaires qui l'humiliaient quand elle allait les voir pour elle, la respectaient, elle les intimidait même, quand elle leur parlait pour les Fisher. Elle refusait le bœuf légèrement noirci ou mal coupé. Le poisson qui sentait un peu mauvais et qu'elle acceptait pour sa famille, elle l'aurait jeté au visage du poissonnier s'il le livrait chez les Fisher. Dans cette maison, le pouvoir, l'éloge et le luxe étaient à elle. On lui a même donné ce qu'elle n'avait jamais eu : un surnom, Polly. Son plaisir, c'était de rester dans la cuisine à la fin d'une journée et de contempler son ouvrage. Elle savait qu'il y avait des douzaines de savonnettes, de tranches de jambon et elle était heureuse au milieu de ses pots et de ses casseroles brillants et de ses parquets cirés. Elle entendait : « Nous ne la laisserons jamais partir. Nous ne trouverons jamais personne comme Polly. Elle ne quittera jamais sa cuisine avant que tout soit rangé. Polly est vraiment la domestique idéale. »

Pauline gardait pour elle cet ordre et cette beauté, un monde à elle, et elle ne le mêlait jamais à sa boutique ni à ses enfants. A eux, elle inculquait la respectabilité et, ce faisant, elle leur enseignait la peur : peur d'être maladroits, peur d'être comme leur père, peur de ne pas être aimés de Dieu, peur de devenir fous comme la mère de Cholly. Elle donnait à son fils le désir violent de s'enfuir, et à sa fille la peur de grandir, la peur des autres, la peur de la vie.

Tout le sens de sa vie était dans son travail. Car ses vertus étaient intactes. Elle était très active dans son église, ne buvait pas, ne fumait pas, ne faisait pas la noce, elle se défendait vigoureusement contre Cholly, elle se montrait supérieure à lui de toutes les façons, et sentait qu'elle remplissait consciencieusement son rôle de mère quand elle soulignait pour ses enfants les fautes de leur père, pour qu'ils ne les adoptent pas, ou quand elle les punissait s'ils faisaient preuve d'une négligence, même légère, alors qu'elle travaillait douze ou seize heures par jour pour les nourrir. Et le monde entier était d'accord avec elle.

Parfois, parfois seulement, puis rarement, elle pensait au bon vieux temps, ou à ce que sa vie était devenue. C'étaient des moments d'oisiveté, des rêvasseries, où lui revenaient parfois ses chimères d'autrefois, mais ce n'était pas le genre de choses sur lesquelles elle s'attardait.

« J'ai failli le quitter mais il s'est passé quelque chose. Une fois, il a essayé de mettre le feu à la maison, et après j'étais bien décidée à partir. Aujourd'hui, je suis même incapable de me rappeler ce qui m'en a empêchée. C'est sûr qu'il ne m'a pas fait la belle vie. Mais tout n'était pas si mauvais. Par-

fois, les choses n'étaient pas si mauvaises. Il lui arrivait de se glisser dans le lit, pas trop saoul. Je fais comme si je dors, pass'qu'il est tard, et pass' qu'il m'a pris trois dollars dans mon porte-monnaie, ce matin, ou quelque chose comme ça. Je l'entends qui respire, mais je ne regarde pas. Dans mon esprit, je vois ses bras noirs relevés derrière sa tête, ses muscles comme d'énormes noyaux de pêche bien polis, et ses veines qui lui courent sur les bras comme des petites rivières gonflées. Sans même le toucher, je sens ces lignes sur le bout de mes doigts. Je vois les paumes de ses mains calleuses comme du granit et les longs doigts repliés et immobiles. Je pense à la toison épaisse et bouclée sur sa poitrine, et aux deux renflements que font ses muscles à la place des seins. J'ai envie de frotter mon visage sur sa poitrine et sentir ses poils me piquer. Je sais exactement où les poils s'arrêtent – juste au-dessus du nombril – et comment ils réapparaissent pour s'étaler de nouveau. Il va peut-être bouger un peu et sa jambe va toucher la mienne ou je sens son côté m'effleurer les fesses. Mais je ne bouge pas encore. Puis il dresse la tête, se retourne et me pose la main sur la taille. Si je ne bouge pas, sa main va remonter pour me pétrir le ventre. Doucement et lentement. Je ne bouge toujours pas, parce que je ne veux pas qu'il s'arrête. Je veux faire semblant de dormir et qu'il continue à me caresser le ventre. Puis il penchera la tête pour me mordre la pointe du sein. Alors je ne veux plus qu'il me caresse le ventre. Je veux qu'il mette sa main entre mes jambes. Je fais semblant de me réveiller et je me tourne vers lui, mais je n'écarte pas les jambes. Je veux qu'il me les écarte pour moi. C'est ce qu'il fait et je suis douce et humide là où ses doigts sont forts et durs. Je suis plus douce que je ne l'ai jamais été. Toute ma force dans sa main. Mon cerveau s'enroule comme des feuilles mortes. J'ai dans les mains une drôle de sensation de vide. Je veux empoigner quelque chose et je lui prends la tête. Sa bouche est sous mon menton. Puis je ne veux plus de sa main entre mes jambes, parce que je trouve que je m'amollis. Je tends les jambes en les écartant et il s'installe sur moi. Trop lourd pour le supporter et trop léger pour ne pas le supporter. Il me met son truc en moi. En moi. En moi. Je croise mes pieds dans son dos pour qu'il ne puisse plus s'en aller. Son visage est à côté du mien. Les ressorts du lit grincent comme les criquets chez nous autrefois. Il glisse ses doigts entre les miens et nous étendons les bras comme Jésus sur la croix. Je tiens bien serré. Mes doigts et mes pieds tiennent bien serré parce que tout le reste bouge, bouge. Je sais qu'il veut que je vienne la première. Mais pas question. Pas avant lui. Pas avant que je le sente m'aimer. Rien que moi. Qu'il s'enfonce en moi. Pas avant que je sache qu'il ne pense qu'à ma chair. Qu'il ne peut plus s'arrêter même s'il le veut. Qu'il mourrait plutôt que de retirer son truc de moi. De moi. Pas avant qu'il laisse aller tout ce qu'il a pour me le donner. A moi. A moi. Quand il le fait, je sens mon pouvoir. Je suis forte, je suis belle, je suis jeune. Et j'attends. Il frissonne et redresse la tête. Maintenant, je suis assez forte, assez belle, assez jeune pour le laisser me faire venir. Je retire mes doigts d'entre les siens et je pose les mains sur ses fesses. Mes jambes retombent sur le lit. Je ne fais aucun bruit, parce que les « enfonts » peuvent entendre. Je commence à sentir ces petits morceaux de couleur qui flottent en moi – au plus profond de moi. Cet éclat de vert de la lumière d'une luciole, le violet des myrtilles qui me coule le long des cuisses, la citronnade jaune de maman en moi. Puis j'ai l'impression de rire entre les jambes, et le rire se mélange avec les couleurs, et j'ai peur de venir et j'ai peur de ne pas venir. Mais je sais que je vais venir. Et je viens. Et c'est tout un arc-en-ciel à l'intérieur. Et ça dure, et ça dure, et ça dure, je veux le remercier, mais je ne sais pas comment et je le caresse comme on caresse un bébé. Il me demande si je suis bien. Je dis oui. Il se retire et s'allonge pour dormir. Je veux dire quelque chose. Mais je ne dis rien. Je ne veux pas me retirer l'arc-en-ciel de la tête. Je devrais me lever pour aller aux toilettes, mais je n'y vais pas. En plus, Cholly dort, la jambe par-dessus les miennes. Je ne peux pas bouger et je ne veux pas.

Mais c'est plus jamais comme ça. La plupart du temps, il s'agite en moi avant que je sois réveillée et c'est fini quand je me réveille. Le reste du temps, je ne peux même pas rester à côté de cet ivrogne qui pue. Mais ça ne me fait plus rien. Mon Créateur prendra soin de moi. Je le sais. Je le sais. En plus, ça ne change rien sur cette bonne vieille terre. Il y aura une gloire. La seule chose qui me manque parfois c'est l'arc-en-ciel. Mais, comme je dis, je ne m'en souviens même plus. »

VOICIPAPAILESTGRANDETFORTPAP
AVEUXTUJOUERAVECJANEPAPASOU
RITSOURISPAPASOURISPAPAVOICID

Quand Cholly a eu quatre jours, sa mère l'a enveloppé dans deux couvertures et un journal et l'a déposé sur un tas d'ordures à côté de la voie ferrée. Sa grand-tante Jimmy, qui avait vu sa nièce sortir avec un paquet par la porte de derrière, l'a sauvé. Elle a battu la mère de Cholly avec un cuir à rasoir et, après, elle ne l'a plus laissée s'approcher du bébé. Tante Jimmy a élevé elle-même Cholly et parfois elle aimait beaucoup lui raconter comment elle l'avait sauvé. Par elle, il a appris que sa mère avait quelque chose qui ne tournait pas rond dans la tête. Mais il n'a jamais eu l'occasion de savoir quoi, parce qu'elle s'est enfuie peu de temps après le cuir de rasoir et, depuis, personne n'a plus jamais entendu parler d'elle.

Cholly était reconnaissant d'avoir été sauvé. Sauf parfois. Parfois, quand il regardait tante Jimmy manger des choux frisés avec les doigts, en se suçant ses quatre dents en or, ou quand il sentait l'odeur du sachet de camphre qu'elle portait autour du cou, ou quand elle l'obligeait à dormir avec elle l'hiver pour qu'il ait chaud et qu'il voyait ses vieux seins fripés qui pendaient sous sa chemise de nuit – alors il se demandait s'il n'aurait pas mieux fait de mourir. Dans un vieux pneu sous un ciel obscur et doux de Géorgie.

Il allait à l'école depuis quatre ans quand il a eu assez de courage pour demander à sa tante qui était son père et où il habitait.

« Je crois que c'était le fils Fuller, lui a répondu sa tante. Il était toujours à traîner dans le coin mais il s'est caleté vite fait avant ta naissance. Je crois qu'il est parti à Macon. Lui, ou son frère. Peut-être les deux. Une fois, j'ai entendu le père Fuller dire quelque chose là-dessus.

– Comment est-ce qu'il s'appelait? demanda Cholly.

– Fuller, imbécile.

– Son prénom, je veux dire.

– Ah. » Elle a fermé les yeux pour réfléchir et a soupiré. « J'arrive plus à me rappeler. Sam, peut-être bien. Ouais, Samuel. Non. C'est pas ça. C'était Samson. Samson Fuller.

– Comment ça se fait que tu m'as pas appelé Samson? » Cholly parlait d'une voix grave.

« Pourquoi faire? Il était plus là quand tu es né. Ta mère ne t'a pas donné de nom. Le neuvième jour était pas encore passé quand elle t'a jeté sur le tas d'ordures. Quand je t'ai pris, je t'ai donné un prénom le neuvième jour. Celui de mon pauvre frère. Charles Breedlove. Un brave homme. Il y a jamais eu de Samson qui a bien fini. »

Cholly n'a rien demandé d'autre.

Deux ans plus tard, il a quitté l'école pour aller travailler chez Tyson, la graineterie. Il balayait, faisait les courses, pesait les sacs et les chargeait sur les charrettes. Parfois on le laissait partir avec le livreur. Un vieil homme très gentil qui s'appelait Blue Jack. Blue lui racontait de vieilles histoires et lui disait comment c'était quand on avait aboli l'esclavage. Comment les Noirs braillaient, pleuraient et chantaient. Et des histoires de fantômes, celle du Blanc qui avait coupé la tête de sa femme et qui l'avait enterrée dans le marais, et le corps sans tête sortait la nuit et se promenait dans la cour en se cognant partout parce qu'il ne voyait rien, et il demandait un peigne. Ils parlaient des femmes qu'avait eues Blue et des bagarres auxquelles il avait participé quand il était plus jeune, comment une fois il avait réussi à se sortir d'un lynchage en parlant et comment les autres ne s'en étaient pas tirés.

Cholly aimait Blue. Longtemps après, quand il était devenu un homme, il se souvenait des bons moments qu'ils avaient passés ensemble. Comment un 4 juillet, à un pique-nique de l'église, une famille s'apprêtait à ouvrir une pastèque. Plusieurs enfants attendaient. Blue se tenait à la limite du cercle – un léger sourire d'anticipation adoucissait son visage. Le père de la famille a levé la pastèque au-dessus de sa tête – Cholly trouvait que ses bras étaient plus grands que les arbres et la pastèque cachait le soleil. Il était grand, la tête penchée en avant, les yeux rivés sur un rocher, les bras plus hauts que les pins, tenant dans les mains une pastèque plus grosse que le soleil et il s'est arrêté un instant pour prendre son appui et bien viser. En regardant cette silhouette qui se découpait sur le ciel bleu, Cholly a senti ses bras et son cou se couvrir de chair de poule. Il s'est demandé si Dieu ressemblait à ça. Non. Dieu était un beau vieillard blanc, avec de longs cheveux blancs, une grande barbe blanche, et de petits yeux bleus qui étaient tristes quand les gens mouraient et sévères quand ils étaient méchants. Ce doit être le diable qui ressemble à ça – il tient le monde dans les mains, prêt à l'écraser sur le sol et à éparpiller l'intérieur rouge pour que les nègres puissent en manger les entrailles douces et chaudes. Si le diable ressemblait à ça, Cholly le préférait. Ça ne lui avait jamais rien fait de penser à Dieu mais la seule idée du diable le troublait. Et en ce moment, le grand diable noir cachait le soleil et s'apprêtait à faire éclater le monde.

Un peu plus loin, quelqu'un jouait de l'harmonica; la musique planait au-dessus des champs de canne et se glissait dans la pinède; elle s'enroulait autour des troncs d'arbres et se mêlait au parfum des pins et Cholly était incapable de faire la différence entre le son et l'odeur qui flottaient au-dessus de la tête des gens.

L'homme a lancé la pastèque contre un rocher. Un cri de déception a accompagné le bruit de l'écorce qui éclatait. La pastèque s'était mal cassée. Elle était déchiquetée et des morceaux d'écorce et de chair rouge étaient éparpillés dans l'herbe.

Blue a sauté. « Ah... aaah, a-t-il gémi V'là l'cœur. » Sa voix était à la fois triste et ravie. Tout le monde s'est retourné pour voir le gros morceau rouge venu du centre même de la pastèque, sans écorce et sans pépins, qui avait roulé aux pieds de Blue. Il s'est penché pour le ramasser. Rouge sang, les côtés lourds et sucrés, les bords gonflés de jus. Trop évident, presque obscène à cause de la joie qu'il promettait.

« Vas-y, Blue, a dit le père en riant. Tu peux le manger. »

Blue a souri et s'est éloigné. Les enfants se disputaient les morceaux sur le sol. Les femmes enlevaient les pépins pour les plus petits et cassaient de petits morceaux pour elles-mêmes. Le regard de Blue a croisé celui de Cholly. Il lui a fait un signe. « Viens, petit. On va manger le cœur tous les deux. »

Le vieil homme et l'enfant se sont assis sur l'herbe côte à côte et se sont partagés le cœur de la pastèque. Les entrailles sucrées et écœurantes de la terre.

C'est au printemps, un printemps très froid, que tante Jimmy est morte d'une tarte aux pêches. Elle était allée à une réunion de l'église en plein air, après un orage, et le bois humide des bancs lui a été fatal. Pendant les quatre ou cinq jours qui ont suivi, elle ne s'est pas sentie bien. Des amies sont venues la voir. Certaines lui faisaient de la camomille; d'autres la frictionnaient avec des crèmes. Miss Alice, sa meilleure amie, lui a lu la Bible. Mais elle déclinait. On lui prodiguait des conseils, même contradictoires.

« Ne mange pas de blanc d'œuf.

– Bois du lait frais.

– Mâche cette racine. »

Tante Jimmy a ignoré tout sauf la lecture de la Bible par Miss Alice. Elle appréciait, en hochant la tête, à moitié endormie tandis que les paroles de la première épître aux Corinthiens bourdonnaient autour d'elle. De doux amen tombaient de ses lèvres tandis qu'elle était châtiée pour tous ses péchés. Mais son corps ne répondait pas.

Finalement, on a décidé d'aller chercher M'Dear. M'Dear était une femme très calme qui habitait une cabane près des bois. C'était une sage-femme compétente et elle savait établir un diagnostic décisif. Peu de gens se souvenaient de l'époque où M'Dear n'était pas ici. Pour n'importe quelle maladie dont on ne pouvait venir à bout par des moyens ordinaires – des remèdes connus, l'intuition ou l'endurance –, on finissait toujours par dire : « Va chercher M'Dear. »

Quand elle est arrivée chez tante Jimmy, Cholly a été stupéfait en la voyant. Il l'avait toujours imaginée ratatinée et voûtée, car il savait qu'elle était très, très vieille. Mais M'Dear lui est apparue plus grande que le pasteur qui l'accompagnait. Elle devait mesurer plus d'un mètre quatre-vingts. Quatre poignées de cheveux blancs donnaient un air de pouvoir et d'autorité à son visage noir et doux. Droite comme un i, elle ne semblait pas avoir besoin de son bâton de noyer pour s'appuyer mais pour communiquer.

Elle a frappé légèrement le sol en regardant le visage ridé de tante Jimmy. Elle en a caressé le pommeau avec le pouce de la main droite tandis qu'elle promenait la main gauche sur le corps de tante Jimmy. Elle a posé le dos de ses longs doigts sur la joue de la malade avant d'appliquer la paume sur son front. Elle a passé les doigts dans les cheveux de la tante en lui grattant légèrement le crâne, puis elle a regardé ce que rapportaient ses ongles. Elle a soulevé la main de tante Jimmy et l'a examinée attentivement – les ongles, la peau noire, la chair de la paume qu'elle a serrée entre trois doigts. Ensuite, elle a posé l'oreille sur la poitrine et l'estomac de tante Jimmy pour écouter. À la demande de M'Dear, les femmes ont sorti le pot de sous le lit pour lui montrer les selles. M'Dear frappait le sol avec son bâton en les examinant.

« Enterrez le pot de chambre et tout ce qu'il y a dedans », a-t-elle dit aux femmes. A tante Jimmy, elle a dit : « Tu as attrapé le froid dans ton ventre. Bois du bouillon et rien d'autre.

– Est-ce que ça va passer? a demandé tante Jimmy. Est-ce que je vais guérir?

– C'est ce que je pense. »

M'Dear s'est détournée et a quitté la pièce. Le pasteur l'a raccompagnée chez elle dans son buggy.

Ce soir-là, les femmes ont apporté du bouillon de pois, de moutarde, de chou, de chou rouge, de chou frisé, de navet, de betterave, de haricots verts. Et même du bouillon de joue de porc.

Deux jours plus tard, tante Jimmy avait repris beaucoup de forces. Quand Miss Alice et Mrs Gaines se sont arrêtées pour prendre de ses nouvelles, elles ont remarqué l'amélioration de son état. Les trois femmes se sont assises pour parler des souffrances qu'elles avaient endurées, de leurs remèdes et de leur guérison, de ce qui les avait guéries. Elles ne cessaient de revenir à l'état de tante Jimmy. Elles en répétaient les causes, ce qu'on pouvait faire pour abréger la souffrance, et l'infaillibilité de M'Dear. Leurs voix se mêlaient dans un thrène de nostalgie à la souffrance. Leurs voix montaient et descendaient, avec des harmonies complexes, incertaines dans leur hauteur, mais constantes dans le récitatif de la douleur. Elles serraient les souvenirs de la maladie contre leur poitrine. Elles se léchaient les lèvres et claquaient la langue en évoquant les chers souvenirs des douleurs qu'elles avaient subies – accouchements, rhumatismes, diphtéries, entorses, maux de reins, hémorroïdes. Tous les coups qu'elles avaient reçus en se déplaçant sur la terre – en moissonnant, en nettoyant, en soulevant, en lançant, en se baissant, en s'agenouillant, en ramassant – toujours avec des enfants dans les jambes.

Mais elles avaient été jeunes autrefois. Les odeurs de leurs aisselles et de leurs reins s'étaient mêlées pour faire un musc agréable; elles avaient eu des regards furtifs, des lèvres détendues et, sur leur cou noir et fin, leur tête avait tourné comme celle des biches. Leurs rires avaient plus été un contact qu'un bruit.

Puis elles avaient grandi. Elles étaient entrées dans la vie par la porte de service. Convenables. Tout le monde était en position de leur donner des ordres. Les femmes blanches leur disaient : « Fais ça. » Les enfants blancs leur disaient « Viens ici. » Les hommes noirs leur disaient : « Allonge-toi. » Les seuls dont elles n'avaient pas besoin de recevoir d'ordre étaient les enfants noirs et les autres femmes noires. Mais elles prenaient tout ça et le recréaient à leur propre image. Elles dirigeaient les maisons des Blancs et elles le savaient. Quand les hommes blancs frappaient leurs hommes, elles lavaient le sang et rentraient chez elles pour se faire insulter par les victimes. Elles battaient leurs enfants d'une main et volaient de l'autre pour eux. Les mains qui abattaient des arbres coupaient aussi des cordons ombilicaux; les mains qui tordaient le cou des poulets et qui égorgeaient des porcs, faisaient fleurir des violettes d'Afrique; les bras qui portaient des gerbes, des balles et des sacs berçaient des nouveau-nés. Elles pétrissaient la pâte à biscuits en ovales d'innocence – et ensevelissaient les morts. Elles labouraient toute la journée et elles rentraient chez elles le soir pour se nicher comme des prunes sous les branches de leurs hommes. Les jambes qui s'écartaient sur le dos d'une mule étaient les mêmes qui s'écartaient pour les hanches de leurs hommes et cela faisait toute la différence.

Puis elles avaient vieilli. Leur corps s'était usé, leur odeur était devenue aigre. A s'accroupir dans les champs de canne, à se baisser dans les champs de coton, à s'agenouiller sur la berge des rivières, elles avaient transporté un monde sur leur tête. Elles avaient abandonné leurs enfants à eux-mêmes et avaient élevé leurs petits-enfants. Soulagées, elles s'enveloppaient la tête dans des chiffons, et la poitrine dans de la flanelle; elles abandonnaient leurs pieds dans des chaussons de feutre. Elles en avaient fini avec le désir et l'allaitement, elles étaient au-delà des larmes et de la terreur. Elles étaient les seules à pouvoir parcourir les routes du Mississippi, les chemins de Géorgie et les champs d'Alabama sans être agressées. Elles étaient assez âgées pour se montrer irritables quand et où elles le voulaient, assez fatiguées pour désirer la mort, assez désintéressées pour accepter l'idée de la douleur tout en en ignorant sa présence. Elles étaient en réalité et enfin libres. Et la vie de ces vieilles femmes noires était synthétisée dans leurs yeux – un mélange de tragédie et d'humour, de malice et de sérénité, de vérité et d'imagination.

Elles ont bavardé jusqu'à une heure avancée de la nuit. Cholly a écouté et a fini par s'endormir. La berceuse des souffrances l'enveloppait, le berçait et l'a engourdi. Dans son sommeil, l'odeur infecte des selles d'une vieille femme s'est transformée en odeur saine de crottin de cheval, et les voix des trois femmes sont devenues les notes agréables d'un harmonica. Dans son sommeil, il avait conscience d'être pelotonné dans un fauteuil, les mains coincées entre ses cuisses. Dans son rêve, son pénis s'est changé en long bâton de noyer, et les mains qui le caressaient étaient celles de M'Dear.

Un samedi soir pluvieux, avant que tante Jimmy se sente assez forte pour sortir du lit, Essie Foster lui a apporté une tarte aux pêches. La vieille dame en a mangé un morceau, et le lendemain matin, quand Cholly est allé vider le pot de chambre, elle était morte. Sa bouche molle avait la forme d'un O, et ses mains, ses longs doigts avec les ongles durs d'un homme, ayant fait leur dernière moisson, pouvaient maintenant se reposer délicatement sur le drap. Un œil ouvert le regardait comme pour lui dire : « Fais attention comment tu prends le pot de chambre, mon garçon. » Cholly l'a regardée incapable de bouger, jusqu'à ce qu'une mouche se pose au coin de la bouche de sa tante. Il l'a chassée d'un geste irrité, a regardé l'œil, et a exécuté l'ordre qu'il lui donnait.

L'enterrement de tante Jimmy était le premier auquel Cholly assistait. En tant que membre de la famille, et orphelin, il a été l'objet de beaucoup d'attentions. Les femmes avaient nettoyé la maison, elles avaient aéré, prévenu tout le monde et cousu ce qui ressemblait à une robe blanche de mariée pour tante Jimmy, vieille fille, afin qu'elle la porte pour rencontrer Jésus. Elles avaient même trouvé un costume sombre, une chemise blanche et une cravate pour Cholly. Le mari de l'une d'elles lui a coupé les cheveux. On l'a enfermé dans une tendresse méticuleuse. Personne ne lui parlait; c'est-à-dire qu'on le traitait comme l'enfant qu'il était, en n'engageant jamais avec lui de conversation sérieuse; mais on anticipait des désirs qu'il n'avait jamais eus : on apportait des repas, de l'eau chaude pour le baquet en bois, on étalait des vêtements. Pendant la veillée, il a eu le droit de s'endormir, et des bras l'ont porté dans son lit. Ce n'est que le troisième jour après la mort – le jour de l'enterrement – qu'il a dû partager la vedette. La famille de Jimmy est venue des villes et des fermes voisines. Son frère, O.V., avec ses enfants et sa femme, et des quantités de cousins. Mais Cholly est resté le personnage principal parce que c'était le « garçon de Jimmy, la dernière personne qu'elle avait aimé », et « celui qui l'avait trouvé morte ». La sollicitude des femmes, les caresses sur la tête que lui faisaient les hommes, plaisaient à Cholly, et les conversations douces le fascinaient.

« De quoi elle est morte?

– De la tarte d'Essie.

– Non?

– Hé, hé. Elle allait très bien, je l'ai vue la veille. Elle m'a dit qu'elle voulait que je lui apporte du fil noir pour raccommoder des affaires du petit. J'aurais dû savoir que si elle voulait du fil noir, c'était mauvais signe.

– C'en était un, c'est sûr.

– Exactement comme Emma. Tu te souviens? Elle arrêtait pas de demander du fil. Raide morte, le soir même.

– Ouais. Ah ça, elle en voulait, du fil. Elle arrêtait pas de m'en parler. Je lui ai dit que j'en avais à la maison, mais non, elle en voulait du neuf. Alors, j'ai envoyé la p'tite June en chercher le matin même où on l'a retrouvée morte. Je m'apprêtais à le lui apporter, avec un morceau de brioche. Tu sais comme elle aimait ma brioche.

– Ah oui. Elle en parlait toujours. C'était une de tes bonnes amies.

– Je le crois bien. Je ne m'étais pas encore habillée quand Sally a ouvert la porte en criant que Cholly avait été trouver Miss Alice pour lui dire qu'elle était morte. J'ai failli me trouver mal, je te le dis.

– A mon avis, Essie doit drôlement regretter.

– Oh, mon Dieu, oui. Mais je lui ai dit : " Le Seigneur donne et le Seigneur reprend. " C'est pas de sa faute. Sa tarte aux pêches est très bonne. Mais elle est persuadée que c'est à cause de sa tarte et je crois bien qu'elle a raison.

– Allons, elle devrait pas se tourmenter pour ça. Elle a fait exactement ce qu'on aurait toutes fait.

– Ben oui. Pass'que j'étais en train d'envelopper ma brioche et ça aurait pu faire pareil.

– J'en suis pas sûre. La brioche, c'est pur. Mais une tarte, c'est la pire des choses à donner à quelqu'un qui est malade. Je suis étonnée que Jimmy ait pas su ça.

– Si elle le savait, elle n'a pas voulu en tenir compte. Elle aura essayé de faire plaisir. Vous savez comment elle était. Si bonne.

– M'en parlez pas. Est-ce qu'elle a laissé quelque chose ?

– Même pas un mouchoir. La maison appartient à des Blancs de Clarksville.

– Ah ouais ? Je pensais que c'était à elle.

– Autrefois, peut-être. Mais plus maintenant. J'ai entendu parler les gens de l'assurance, ils sont venus trouver son frère.

– Ça se monte à combien ?

– J'ai entendu dire quatre-vingt-cinq dollars.

– C'est tout ?

– Est-ce qu'on peut la mettre en terre avec ça ?

– Je vois pas comment. Quand papa est mort, il y aura un an en avril, ça nous a coûté cent cinquante dollars. Bien sûr, on a voulu que tout soit bien fait. La famille de Jimmy va être obligée de payer sa part.

Les pompes funèbres qui enterrent les Noirs, c'est pas bon marché.

– Quelle honte! Elle a payé cette assurance toute sa vie.

– Je sais bien.

– Et le petit? Qu'est-ce qu'il va devenir?

– Personne a pu retrouver la mère, alors le frère de Jimmy va le prendre chez lui. On dit qu'il a une belle maison. Des toilettes à l'intérieur et tout.

– C'est bien. Il a l'air d'être un bon chrétien. Et le gamin a besoin de la poigne d'un homme.

– C'est à quelle heure l'enterrement?

– Deux heures. On devrait la mettre en terre à quatre heures.

– Où est-ce qu'est le repas? J'ai entendu dire qu'Essie voulait que ce soit chez elle.

– Non, c'est chez Jimmy. C'est son frère qu'a voulu.

– Il va y avoir du monde. On l'aimait bien, cette pauvre Jimmy. C'est sûr, elle va nous manquer à l'église. »

Le repas a été très joyeux après la beauté grandiose de l'enterrement. C'était comme une tragédie de la rue, avec la spontanéité cachée dans les coins d'une histoire tout à fait formelle. La défunte était l'héroïne tragique, les survivants les victimes innocentes; il y avait l'omniprésence de la déité, les strophes et les antistrophes du chœur des pleureuses conduites par le pasteur. Il y avait de la douleur à propos de la perte de cette vie, de l'étonnement devant les voies insondables de Dieu, et, au cimetière, la restauration de l'ordre de la nature.

Aussi le repas d'enterrement a été l'exultation, l'harmonie, l'acceptation de la fragilité de la vie, la joie de voir s'achever une souffrance. Le rire, le soulagement, et une grande faim.

Cholly n'avait pas encore tout à fait réalisé que sa tante était morte. Tout était tellement intéressant.

Même au cimetière, il n'a ressenti que de la curiosité, et à l'église, quand son tour est venu de se recueillir devant le corps, il a tendu la main pour voir si le cadavre était aussi froid que tout le monde le disait. Mais il l'a retirée aussitôt. Tante Jimmy semblait tellement seule qu'on avait l'impression qu'il ne fallait pas troubler cette intimité. Il est revenu à son banc d'un pas lourd et les yeux secs au milieu des gémissements et des cris larmoyants des autres, en se demandant s'il ne devrait pas essayer de pleurer.

De retour à la maison, il a pu se joindre à la gaieté générale et se laisser aller à ce qu'il ressentait vraiment – une sorte d'atmosphère de carnaval. Il a mangé avec appétit et a eu envie de connaître ses cousins. D'après les adultes, la question s'est posée de savoir s'ils étaient vraiment cousins, étant donné que le frère de Jimmy, O.V., n'était qu'un demi-frère et que la mère de Cholly était la fille de la sœur de Jimmy, mais cette sœur était issue du second mariage du père de Jimmy et O.V. était, lui, issu du premier mariage.

Un de ces cousins en particulier intéressait Cholly. Il avait quinze ou seize ans. Cholly est sorti et l'a trouvé avec d'autres autour du baquet dans lequel tante Jimmy faisait bouillir sa lessive.

Il a tenté un « bonjour » hésitant. Ils lui ont répondu de la même façon. Le cousin de quinze ans, qui s'appelait Jake, lui a offert une cigarette roulée. Cholly l'a prise, mais il a tendu le bras pour présenter la cigarette à la flamme de l'allumette, au lieu de se la mettre dans la bouche pour tirer dessus, et ils ont ri. Honteux, il a jeté la cigarette. Il lui semblait important de faire quelque chose pour renouer avec Jake. Aussi, quand il a demandé à Cholly s'il connaissait des filles, Cholly lui a répondu : « Bien sûr. »

Toutes celles qu'il connaissait étaient au repas et

il a montré un groupe de filles, debout, accotées, appuyées, contre la véranda à l'arrière de la maison. Il y avait aussi Darlene. Cholly a espéré que Jake ne la choisirait pas.

« On les emmène faire un tour », a dit Jake.

Les deux garçons sont montés tranquillement sur la véranda. Cholly ne savait pas de quelle façon commencer. Jake s'est assis sur la balustrade branlante et a enroulé ses jambes autour des montants et il est resté là, les yeux perdus dans le vide comme si les filles ne l'intéressaient absolument pas. Il les laissait l'examiner, et en retour il les évaluait discrètement.

Les filles ont fait semblant de ne pas avoir vu les garçons et ont continué à bavarder. Leur discussion s'est envenimée; leurs taquineries se sont transformées en méchancetés, une façon dure de plaisanter. Pour Jake, ça a été le signe; les filles réagissaient à sa présence. Elles avaient ressenti sa virilité et frissonnaient pour qu'il les remarque.

Jake a quitté la balustrade et est allé droit vers une fille qui s'appelait Suky, celle qui avait été la plus dure dans ses plaisanteries.

« Tu veux me montrer les environs? » Il n'a même pas souri.

Cholly retenait son souffle, il s'attendait à ce que Suky dise à Jake de la boucler. Elle savait très bien s'y prendre et elle n'avait pas la langue dans sa poche. A sa plus grande surprise, elle a accepté tout de suite, et elle a même baissé les paupières. Prenant son courage à deux mains, Cholly s'est adressé à Darlene et lui a dit: « Tu viens? On descend jusqu'au ruisseau. » Il s'attendait à ce qu'elle fasse la grimace et lui dise « non », ou « pour quoi faire? », ou quelque chose du même genre. Il avait surtout très peur d'elle – peur de ne pas lui plaire et peur de lui plaire.

Sa seconde peur s'est matérialisée. Elle a souri et

a sauté en bas des trois marches pour le rejoindre. Elle avait des yeux pleins de compassion et il s'est souvenu qu'il était en deuil.

« Si tu veux, mais pas trop loin. Maman a dit qu'on devait partir de bonne heure et il commence à faire sombre. »

Ils se sont éloignés tous les quatre. D'autres garçons s'étaient approchés de la véranda et ils s'apprêtaient à entamer cette danse d'amour en partie hostile, en partie indifférente, en partie désespérée. Suky, Jake, Darlene et Cholly ont traversé plusieurs arrière-cours jusqu'à ce qu'ils arrivent à un espace dégagé. Ils ont couru jusqu'au lit à sec d'une rivière bordée de verdure. Le but de la promenade était une vigne sauvage où poussait du muscat. Trop jeune, trop dur pour avoir beaucoup de sucre, ils ont quand même mangé les raisins. Aucun d'eux ne voulait – pas maintenant – que les grappes libèrent facilement leur jus noir. La retenue, la contrainte, la promesse de la douceur, qu'il fallait encore découvrir, leur plaisaient plus que ne l'aurait fait une pleine maturité. A la fin, ils avaient la bouche acide et les garçons se sont amusés à lancer des grains de raisin aux filles. Leurs poignets minces et noirs de garçons dessinaient des clefs de sol dans l'air. La poursuite a entraîné Cholly et Darlene loin du bord de la rivière et quand ils se sont arrêtés pour reprendre leur souffle, Jake et Suky avaient disparu. La robe de coton blanc de Darlene était tachée par le jus de raisin. Le gros nœud bleu de ses cheveux s'était défait et la brise du soir faisait voler le ruban au-dessus de sa tête. Ils étaient essoufflés et se sont laissés tomber dans l'herbe verte et violette à la lisière de la pinède.

Cholly s'est allongé sur le dos, haletant. La bouche remplie du goût du muscat, il écoutait le bruissement des aiguilles de pin qui attendaient la pluie. L'odeur de la pluie promise, des pins, du muscat lui faisait tourner la tête. Le soleil avait disparu et retirait ses derniers éclats de lumière. En tournant les yeux pour voir où se trouvait la lune, Cholly a aperçu Darlene dans la clarté derrière lui. Elle était repliée, en forme de D – les bras autour de ses genoux relevés sur lesquels elle posait la tête. Cholly a vu sa culotte et les muscles de ses jeunes cuisses.

« On f'rait mieux de se rentrer, a-t-il dit.

– Ouais. » Elle a allongé les jambes sur le sol et a commencé à rattacher le ruban de ses cheveux. « Maman va m'fout' une volée.

– Penses-tu.

– Si. Elle m'a dit qu'elle m'en foutrait une si je me salissais.

– T'es pas sale.

– Si. Regarde-moi ça. » Ses mains ont lâché le ruban et ont défroissé un endroit de sa robe où les taches étaient les plus importantes.

Cholly était désolé pour elle ; c'était autant de sa faute. Il s'est brusquement rendu compte que tante Jimmy était morte car il n'avait plus peur d'être battu. Il n'y avait plus personne pour le faire sauf oncle O.V., et il était aussi en deuil.

« Laisse-moi faire », a-t-il dit. Il s'est mis à genoux devant elle et a essayé de lui rattacher son ruban. Darlene a glissé les mains sous la chemise ouverte de Cholly et a caressé sa peau dure et humide. Quand il l'a regardée, étonné, elle s'est arrêtée et a ri. Il a souri et a continué à attacher le ruban. Elle a remis les mains sous sa chemise.

« Bouge pas, a-t-il dit. J'y arrive pas. »

Elle lui a chatouillé les côtes avec la pointe des doigts. Il a eu un petit rire nerveux et lui a saisi les mains. En un instant, ils se sont retrouvés l'un sur l'autre. Elle a enfoncé les mains dans les vêtements de Cholly. Il a répondu à son jeu en plongeant les mains dans son encolure puis sous sa robe. Quand il a glissé la main dans sa culotte, elle s'est arrêtée de rire et l'a regardé gravement. Cholly, effrayé, était sur le point de retirer sa main mais elle lui a saisi le poignet et il ne pouvait plus bouger. Alors il l'a explorée avec les doigts et elle lui embrassait le visage et la bouche. Ses lèvres au goût de muscat ont affolé Cholly. Darlene lui a lâché la tête, elle s'est déplacée et a enlevé sa culotte. Cholly a eu quelques difficultés avec ses boutons puis il a descendu son pantalon jusqu'aux genoux. Leurs corps ont commencé à prendre une signification pour lui et ce n'était pas aussi difficile qu'il l'avait cru. Elle a gémi un peu, mais l'excitation qui s'accumulait en lui lui a fait fermer les yeux et il n'a pas plus attaché d'importance aux gémissements de Darlene qu'au souffle des pins au-dessus de sa tête. Au moment où il sentait qu'une explosion le menaçait, Darlene s'est raidie et a poussé un cri. Il a pensé qu'il lui avait fait mal mais quand il a regardé son visage, ses yeux grands ouverts fixaient quelque chose par-dessus son épaule. Il s'est retourné brusquement.

Deux Blancs se tenaient là. L'un d'eux portait une lampe à alcool, l'autre une torche électrique. On ne pouvait pas se tromper sur le fait qu'ils étaient blancs; Cholly le sentait. Il a essayé de se mettre à genoux, de se redresser et de relever son pantalon dans un seul mouvement. Les hommes avaient des carabines.

« Hi hi hii hiiii. » Le ricanement s'est terminé en une longue toux d'asthmatique.

L'autre a promené la lumière de la lampe électrique sur Cholly et sur Darlene.

« Termine ça, négro, a-t-il dit.

– Monsieur? a dit Cholly en essayant de trouver une boutonnière.

– Je t'ai dit de terminer. Et fais ça bien, négro, fais ça bien. »

Les yeux de Cholly ne pouvaient se poser nulle part. Ils glissaient furtivement à la recherche d'un abri pendant que son corps restait paralysé. L'homme à la torche électrique a enlevé sa carabine de son épaule et Cholly a entendu le *clic* métallique. Il est retombé à genoux. Darlene avait détourné la tête, et ses yeux fixaient l'obscurité, presque indifférents, comme s'ils ne jouaient aucun rôle dans le drame qui se déroulait autour d'eux. Avec une violence née de sa détresse absolue, il a soulevé sa robe et a baissé son pantalon et son slip.

« Hi hii hii hiiii. »

Darlene s'est couvert le visage avec les mains quand Cholly a commencé à simuler ce qui s'était passé avant. Il ne pouvait que faire semblant. La lumière de la lampe dessinait une lune sur ses fesses.

« Hi hii hii hiii.

– Allez, le nègre. Plus vite, t'y fais rien.

– Hi hii hii hiiii. »

Cholly a accéléré ses mouvements, en regardant Darlene. Il la haïssait. Il souhaitait presque pouvoir faire ça violemment, longtemps, douloureusement –, il la haïssait tellement. La lumière de la lampe se frayait un chemin dans ses entrailles et transformait le goût sucré du muscat en bile fétide. Il regardait les mains de Darlene avec lesquelles elle cachait son visage dans la lumière de la lune et de la lampe. Elles ressemblaient à de petites serres.

« Hii hii hii hii. »

Des chiens ont hurlé. « C'est eux. C'est eux. C'est le vieux Honey.

– Oui, a dit la lampe à alcool.

– Viens. » La lampe électrique a fait demi-tour et l'un d'eux a sifflé Honey.

« Attends, a dit la lampe à alcool, le nègre est pas 'core venu.

– Eh ben, il viendra à son heure. Bonne chance, négro. »

Ils ont écrasé les aiguilles de pin sous leurs pas.

Cholly les a entendus siffler pendant longtemps, puis les hurlements du chien sont devenus des jappements joyeux de reconnaissance.

Cholly s'est relevé et a boutonné son pantalon en silence. Darlene ne bougeait pas. Cholly avait envie de l'étrangler, mais il lui a touché la jambe avec le pied. « Il faut y aller, petite. Allez! »

Elle a tendu la main pour prendre sa culotte, les yeux fermés mais elle ne l'a pas trouvée. Tous deux l'ont recherchée à tâtons dans la clarté de la lune. Quand ils l'ont retrouvée, elle l'a mise avec des mouvements de vieille femme. Ils se sont éloignés de la pinède pour regagner la route. Lui devant, elle traînant les pieds derrière. Il a commencé à pleuvoir. « C'est bien, s'est dit Cholly. Ça expliquera l'état de nos vêtements. »

Quand ils sont arrivés à la maison, dix ou douze invités s'y trouvaient encore. Jake était parti, Suky aussi. Certains étaient revenus pour chercher un peu plus à manger – une tarte aux pommes de terre, des côtelettes. Tous étaient plongés dans des souvenirs de rêves, de chiffres, de prémonitions. Leur bien-être repu les endormait et avait provoqué des souvenirs et créé des hallucinations.

Personne n'a bougé à l'entrée de Cholly et de Darlene.

« Vous êtes trempés, hein? »

La mère de Darlene a réagi vaguement. Elle avait trop mangé et trop bu. Ses chaussures étaient sous sa chaise et elle avait dégrafé sa robe à la taille. « Viens là, ma fille. Je croyais t'avoir dit... »

Certains invités pensaient attendre que la pluie s'arrête. D'autres, qui étaient venus en chariot, pensaient qu'il valait mieux partir tout de suite. Cholly est allé dans le petit débarras dont on lui avait fait une chambre. Trois bébés dormaient dans son lit. Il a enlevé ses vêtements pleins de pluie et d'aiguilles de pin et a enfilé une salopette. Il ne savait pas où aller. Pas dans la chambre de tante Jimmy, et de toute façon, oncle O.V. et sa femme l'utiliseraient plus tard.

Il a pris une couverture dans un coffre, il l'a étalée sur le sol et s'est allongé dessus. Quelqu'un faisait du café, et il en a eu très, très envie juste avant de s'endormir.

Le lendemain a été consacré au nettoyage, à la mise au point des comptes, à la distribution des affaires de tante Jimmy. Les bouches étaient amères, les yeux voilés, les pieds hésitants.

Cholly marchait sans but, en faisant les corvées qu'on lui indiquait. Tout l'éclat et la chaleur que les adultes lui avaient montrés la veille étaient remplacés par une sévérité qui convenait à son humeur. Il ne pensait qu'à la lampe électrique, au muscat et aux mains de Darlene. Et quand il n'y pensait pas, le vide de sa tête était comme l'espace laissé par une dent qu'on vient d'arracher, qui garde encore quelque chose de la pourriture qui l'avait rempli. Il ne s'éloignait pas de peur de tomber sur Darlene, mais il ne supportait pas non plus l'atmosphère de la maison de sa tante morte. La façon qu'on avait de fouiller dans ses affaires, les commentaires sur l' « état » de ses biens. Maussade, irritable, il entretenait la haine qu'il ressentait pour Darlene. Il ne pensa jamais diriger cette haine contre les chasseurs. Une telle émotion l'aurait détruit. C'étaient des hommes, grands, armés, blancs. Il était petit, noir, impuissant. Son subconscient savait ce dont son esprit conscient ne se doutait pas – que les haïr l'aurait consumé, brûlé comme un morceau de charbon, en ne laissant que des flocons de cendre et un point d'interrogation de fumée. Avec le temps, il découvrirait cette haine des hommes blancs – mais pas maintenant. Pas dans l'impuissance qui était la sienne, plus tard, quand la haine pourrait trouver une expression. Maintenant, il haïssait celle qui avait créé la situation, celle qui avait été le témoin de son échec, de son impuissance. Celle qu'il avait été incapable de protéger, d'épargner, de cacher de la lueur de la lune ronde de la lampe électrique, des « hii hii hii ». Il s'est souvenu du ruban défait de Darlene, qui voletait contre son visage tandis qu'ils revenaient sous la pluie. Le dégoût qui le traversait le faisait trembler. Il n'avait personne à qui parler. Blue était soûl trop souvent ces temps-ci pour comprendre quoi que ce soit. En outre, Cholly n'était pas sûr de pouvoir lui avouer sa honte. Il faudrait qu'il mente un peu pour raconter ça à Blue. Blue le tombeur de femmes. Il lui a semblé qu'il valait mieux être solitaire que seul.

Le jour où l'oncle de Cholly a été prêt à s'en aller, quand tout a été emballé, quand les querelles pour savoir qui aurait quoi sont retombées pour devenir une sauce collante sur la langue de tout le monde, Cholly s'est assis sur la véranda à l'arrière de la maison et a attendu. Il lui était venu à l'esprit que Darlene était peut-être enceinte. C'était une idée totalement irrationnelle, qui prouvait une ignorance complète, mais la peur qu'il en éprouvait était bien réelle.

Il fallait qu'il s'en aille. Et le fait qu'il parte aujourd'hui n'avait rien à voir. S'en aller à une ville ou deux d'ici n'était pas suffisant, surtout parce qu'il n'avait pas confiance en son oncle qu'il n'aimait pas, que la mère de Darlene saurait où le trouver et qu'il serait remis entre ses mains par l'oncle O.V. Cholly savait que ce n'était pas bien de laisser tomber une fille enceinte et il se souvenait avec une certaine sympathie que son père avait fait la même chose. Maintenant, il comprenait. Il savait ce qu'il devait faire – retrouver son père. Son père comprendrait. Tante Jimmy avait dit qu'il était allé à Macon.

Sans plus de jugeote qu'un poussin qui sort de sa coquille, il a quitté la véranda. Il avait déjà fait un petit bout de chemin quand il s'est souvenu du trésor; tante Jimmy avait laissé quelque chose, et il avait tout oublié. Dans le tuyau d'un poêle dont on ne se servait plus, elle avait caché un petit sac à provisions qu'elle appelait son trésor. Il s'est glissé dans la maison et dans la pièce vide. Il a fouillé dans le tuyau de poêle et a trouvé des toiles d'araignée et de la suie, puis le sac. Il a compté l'argent : quatorze billets de un dollar, deux billets de deux dollars et beaucoup de petite monnaie... vingt-trois dollars en tout. Ce serait sans doute suffisant pour aller à Macon. Quel mot joli et réconfortant, *Macon*.

Pour un jeune Noir de Géorgie, se sauver de chez soi n'était pas un problème. Il suffisait de s'en aller furtivement et de marcher. Quand la nuit venait, il dormait dans une grange, s'il n'y avait pas de chiens, dans un champ de canne à sucre ou dans une scierie abandonnée. Il mangeait ce qu'il trouvait dans les champs et s'achetait du jus de fruits et du réglisse dans les épiceries de village. Il avait toujours une histoire triste à raconter aux Noirs qui posaient des questions, et il n'intéressait pas les Blancs, sauf s'ils voulaient s'amuser.

Quand il a été à plusieurs jours de marche de chez lui, il a pu frapper à la porte de service de jolies maisons et dire à la cuisinière noire ou à la maîtresse blanche qu'il cherchait du travail, désherber, bêcher, éplucher, laver, et qu'il habitait tout près. Après une semaine ou deux, il repartait. Il a vécu ainsi jusqu'à la fin de l'été et ce n'est qu'en octobre qu'il est arrivé dans une ville assez grande pour avoir une gare routière. La bouche sèche d'émotion et d'appréhension, il s'est dirigé vers le guichet pour acheter un billet.

« C'est combien pour Macon, monsieur ?

– Onze dollars. Cinq dollars cinquante pour les enfants de moins de douze ans. »

Cholly avait douze dollars et quatre cents.

« Quel âge t'as ?

– Juste douze ans, monsieur, mais ma maman m'a donné que dix dollars.

– T'es vraiment le plus grand gosse de douze ans qu'j'ai jamais vu.

– S'il vous plaît, monsieur, il faut que j'aille à Macon. Ma maman est malade.

– J'croyais que t'avais dit que ta maman t'avait donné dix dollars.

– C'est ma maman adoptive. Ma vraie maman est à Macon, monsieur.

– Je sais quand un négro me ment quand j'en vois un, mais seulement au cas où tu mentirais pas, seulement au cas où ta mère serait vraiment en train de mourir et voudrait voir son petit bronzé avant d'aller retrouver son Créateur, je vais te donner un billet. »

Cholly n'entendait rien. Les insultes faisaient partie des ennuis de l'existence, comme les poux. Il était plus heureux qu'il ne se souvenait de l'avoir jamais été, sauf le jour de Blue et de la pastèque. L'autocar ne partait que quatre heures plus tard, et les minutes de ces heures se débattaient comme des moustiques collés sur un attrape-mouches – elles mouraient lentement, épuisées d'avoir lutté pour rester vivantes. Cholly avait peur de bouger, même pour se soulager. L'autocar aurait pu partir pendant son absence. Enfin, raide de constipation, il est monté dans le car pour Macon.

Il a trouvé un siège près de la fenêtre, au fond, où il serait seul, et la Géorgie a défilé sous ses yeux, jusqu'à ce que le soleil disparaisse. Même dans l'obscurité, il s'est efforcé de regarder, et ce n'est qu'après avoir lutté jusqu'aux limites de ses forces pour garder les yeux ouverts qu'il s'est endormi. Quand il s'est réveillé, il faisait jour depuis longtemps et une grosse dame noire lui chatouillait la bouche avec une tartine de bacon. Il avait encore le goût du bacon dans la bouche quand ils sont entrés dans Macon.

Au bout d'une ruelle, il a vu des hommes réunis comme des grappes. Une voix forte hurlait au-dessus des têtes penchées. Les formes à genoux, ou inclinées, regardaient toutes un point sur le sol. Quand il s'est approché, il a respiré une odeur forte et stimulante d'hommes. Ils étaient réunis, exactement comme le lui avait indiqué l'homme de la salle de billard, autour des dès et de l'argent. Chaque silhouette était décorée de billets verts. Certains avaient séparé leur argent, plié les billets autour de leurs doigts et serré le poing de telle façon que l'extrémité des billets en sortait avec un mélange de raffinement et de violence. D'autres les empilaient en les pliant par le milieu et tenaient la liasse comme s'ils allaient distribuer des cartes. D'autres encore gardaient leurs billets roulés en boule. Un homme en avait qui sortaient de sous sa casquette. Un autre les caressait entre le pouce et l'index. Il y avait plus d'argent dans ces mains noires que Cholly n'en avait jamais vu. Il partageait leur excitation et l'appréhension de rencontrer son père, qui lui desséchait la bouche, a cédé la place au plaisir du jeu qui lui emplissait la bouche de salive. Il regardait les visages en cherchant celui qui pouvait être son père. Comment allait-il le reconnaître? Ressemblait-il à une version de lui-même en plus grand? En ce moment, Cholly ne se souvenait plus de quoi il avait l'air. Il savait seulement qu'il avait quatorze ans, qu'il était noir et qu'il mesurait déjà un mètre quatre-vingts. Il scrutait les visages et ne voyait que des yeux, des yeux suppliants, froids, des yeux que la méchanceté rendait ternes, d'autres colorés par la peur – tous fixés sur le mouvement de deux dés qu'un homme lançait, empoignait et relançait. L'homme chantait une sorte de litanie à laquelle les autres répondaient, il frottait les dés comme s'il s'agissait de deux charbons ardents, et il leur murmurait des choses. Puis avec un cri, les dés quittaient ses mains au milieu d'un chœur de stupéfaction et de déception. Puis le lanceur ramassait l'argent, et quelqu'un a hurlé : « Prends ça et nage, loup de mer de mon cœur. » Il y a eu des rires, la tension a diminué de façon sensible, et des hommes ont échangé des billets.

Cholly a tapé sur l'épaule d'un vieil homme aux cheveux blancs.

« Vous pouvez me dire si Samson Fuller est dans le coin ?

– Fuller ? » Le nom était familier à l'homme. « Je ne sais pas, il est quelque part ici. Tiens, le v'là. La veste marron. » Il a tendu le bras.

Un homme, portant une veste brun clair, se tenait à l'autre bout du groupe. Il gesticulait en se querellant avec un autre. Tous deux avaient le visage crispé de colère. Cholly s'est avancé vers eux en ayant du mal à croire qu'il était au bout de son voyage. C'était son père, un homme qui ressemblait à n'importe quel autre, mais c'étaient bien ses yeux, sa bouche, toute sa tête. Ses épaules cachées sous cette veste, sa voix, ses mains – tout était réel. Ils existaient, réellement, ils existaient quelque part. Exactement ici. Cholly avait toujours imaginé son père comme un géant, et en s'approchant il a reçu un choc quand il s'est aperçu qu'il était plus grand que lui. En fait, il regardait fixement une calvitie sur la tête de son père et il avait brusquement envie de la caresser. Il restait là, fasciné par cet espace pitoyable, entouré de touffes laineuses et négligées, et l'homme a tourné vers lui un visage dur et agressif.

« Qu'est-ce que tu veux, petit ?

– Euh. Et ben... C'est vous Samson Fuller ?

– Qui c'est qui t'envoie ?

– Euh ?

– T'es un fils à Melba?

– Non, m'sieur, je suis... » Cholly a battu des paupières. Il ne se souvenait plus du nom de sa mère. L'avait-il jamais connu? Que pouvait-il dire? De qui était-il le fils? Il ne pouvait pas lui dire : « Je suis votre fils. » Cela avait l'air malpoli.

L'homme s'impatientait. « T'as une case de vide? Qui est-ce qui t'a dit de venir me trouver?

– Personne. » Cholly avait les mains couvertes de sueur. Les yeux de l'homme l'effrayaient. « Je me disais... je veux dire, je réfléchissais, et, heu, je m'appelle Cholly... »

Mais Fuller s'était retourné vers la partie qui allait recommencer. Il s'est penché pour jeter un billet par terre, et il a attendu qu'on lance. A la fin, il s'est relevé et, d'une voix contrariée et plaintive, il a hurlé à Cholly : « Va dire à cette garce qu'elle va l'avoir son argent. Maintenant, fous-moi le camp de là! »

Cholly a mis longtemps à soulever ses pieds du sol. Il a essayé de reculer pour s'en aller. Et ce n'est qu'au prix d'un très grand effort qu'il a obtenu la coopération du premier muscle. Quand il y a réussi, il a remonté la ruelle pour sortir de l'ombre et pour retrouver la lumière aveuglante de la rue. Quand il est sorti dans le soleil, il a senti que quelque chose flanchait dans ses jambes. Sur le trottoir il y avait une caisse d'oranges retournée, avec une étiquette représentant deux mains serrées. Cholly s'est assis dessus. Le soleil lui coulait sur la tête comme du miel. Un chariot de fruits tiré par un cheval est passé et le conducteur chantait : « En direct du vignoble, doux comme du sucre, rouge comme du vin. »

Les bruits semblaient devenir plus forts. Le *clic-clac* des talons des femmes, le rire des hommes désœuvrés devant les portes. Il y avait un tramway quelque part. Cholly est resté assis. Il savait que s'il restait parfaitement immobile, il irait très bien. Mais alors une douleur lui a irrité les yeux et il a dû se servir de toute sa force pour la chasser. S'il restait parfaitement immobile, se disait-il, et s'il gardait les yeux fixés sur une chose, les larmes ne viendraient pas. Aussi il restait assis dans le miel du soleil, en se servant de chaque nerf et de chaque muscle pour empêcher l'eau de couler de ses yeux. Alors qu'il était tendu ainsi, en concentrant chaque unité d'énergie sur ses yeux, ses intestins se sont relâchés brusquement et, avant qu'il ait pu se rendre compte de ce qu'il savait déjà, du liquide lui dégoulinait le long des jambes. A l'entrée de la ruelle où se trouvait son père, assis sur une caisse d'oranges, au soleil, dans une rue pleine d'hommes et de femmes, il s'était souillé comme un bébé.

Complètement paniqué, il s'est demandé s'il devait attendre ici, sans bouger jusqu'à la nuit? Non. Son père allait sûrement venir, il le verrait et rirait. Oh, mon Dieu. Il rirait. Tout le monde rirait. Il n'y avait qu'une chose à faire.

Cholly a descendu la rue en courant en n'ayant conscience que du silence. La bouche des gens bougeait, leurs pieds se déplaçaient, une voiture passait – mais sans faire de bruit. Une porte s'est refermée dans un silence absolu. Ses propres pieds ne faisaient aucun bruit. L'air semblait l'étrangler, le retenir. Il se frayait un chemin dans un monde de résine invisible qui menaçait de l'étouffer. Pourtant il courait, en ne voyant que des objets qui se déplaçaient en silence, et il est arrivé à la fin des immeubles, au début d'un espace ouvert, et il a vu l'Ocmulgee River qui s'en allait en serpentant. Il a descendu à toute vitesse une pente de gravier jusqu'à un appontement qui s'avançait dans les basses eaux. Il est allé s'accroupir derrière un des piliers, là où l'ombre était la plus profonde. Il est resté là, en position fœtale, paralysé, les poings sur les yeux pendant longtemps. Il n'entendait rien, ne voyait rien, il n'y avait que l'obscurité, la chaleur et ses poings qui écrasaient ses paupières. Il a même oublié son pantalon sali.

Le soir tombait. L'obscurité, la chaleur, le calme ont enfermé Cholly comme la peau et la chair d'une baie de sureau qui protège ses graines.

Cholly a bougé. Il n'a senti que son mal de tête. Puis les événements de l'après-midi se sont enfoncés en lui comme des morceaux de verre brillant. Tout d'abord, il n'a vu que des billets dans des mains noires, puis il a pensé qu'il était assis sur une chaise inconfortable mais, quand il a regardé, il a vu que c'était une tête d'homme, une tête avec une calvitie de la taille d'une orange. Quand finalement, ses morceaux se sont fondus pour former des souvenirs complets, Cholly a commencé à sentir sa puanteur. Il s'est relevé, il était faible, tremblant et il a été pris d'un vertige. Il s'est appuyé un instant contre le pilier, puis il a enlevé son pantalon, son slip, ses chaussettes et ses chaussures. Il a frotté ses chaussures avec des poignées de boue; puis il a rampé vers le bord de la rivière. Il a dû chercher l'eau des mains parce qu'il ne voyait pas clairement. Il a agité lentement ses vêtements dans l'eau et il les a frottés jusqu'au moment où il a pensé qu'ils étaient propres. Revenu près de son pilier, il a enlevé sa chemise pour l'attacher autour de la taille, puis il a étendu son pantalon et son slip par terre. Il s'est accroupi et a gratté le bois pourri de l'appontement. Soudain, il a pensé à sa tante Jimmy, son sachet de camphre, ses quatre dents en or, et le chiffon violet qu'elle portait sur la tête. Avec un désir qui a failli lui déchirer le cœur, il l'a revue qui lui donnait un morceau de viande fumée qu'elle prenait dans son assiette. Il se souvenait exactement de la façon dont elle le tenait – maladroitement, entre trois doigts, mais avec tant d'affection. Pas de mots, juste un morceau de viande qu'elle prenait et qu'elle lui tendait. Et les larmes lui ont inondé les joues et ont formé un bouquet sous son menton.

Trois femmes se penchent à deux fenêtres. Elles voient le cou long et propre d'un jeune garçon inconnu et elles l'appellent. Il va vers elles. A l'intérieur, il fait sombre et chaud. Elles lui donnent de la citronnade dans un bocal. Quand il boit, leurs yeux flottent vers lui à travers le fond du bocal et le liquide luisant et sucré. Elles lui redonnent sa virilité qu'il reprend négligemment.

Les morceaux de la vie de Cholly ne pourraient devenir cohérents que dans la tête d'un musicien. Seuls ceux qui parlent dans l'or du métal recourbé ou dans le contact de rectangles noirs et blancs, celui de cordes et de peaux tendues résonnant dans des chambres de bois, pourraient donner la forme véritable de sa vie. Seuls, ils sauraient comment relier le cœur d'une pastèque rouge à un sachet de camphre, à du muscat, à une torche électrique sur ses fesses, à des poings remplis de billets, à de la citronnade dans une carafe, à un homme qui s'appelait Blue, et dire tout ce que cela signifiait de joie, de douleur, de colère, d'amour, pour lui donner sa douleur finale et envahissante de liberté. Seul un musicien sentirait, saurait, sans même savoir qu'il savait, que Cholly était libre. Dangereusement libre. Libre de ressentir ce qu'il sentait – peur, culpabilité, honte, amour, douleur, pitié. Libre d'être tendre ou violent, de siffler ou de pleurer. Libre de dormir sous les porches ou entre les draps blancs d'une femme en train de chanter. Libre de prendre un travail et libre de le quitter. Il pourrait aller en prison et ne pas se sentir emprisonné car il avait déjà vu le regard furtif de son geôlier, libre de dire, « non, M'sieu » et de sourire, car il avait tué trois Blancs. Libre d'endurer les insultes d'une femme, car son corps avait déjà conquis le sien. Libre même de la frapper sur la tête, car il avait déjà bercé cette tête dans ses bras. Libre d'être tendre quand elle était malade, ou de laver son plancher car elle savait ce qu'était sa virilité et où elle se trouvait. Il était libre de boire jusqu'à en être abruti car il avait déjà été un demi-sel, il avait passé trente jours dans un gang, et il s'était retiré du mollet une balle tirée par une femme. Il était libre de vivre ses caprices et même libre de mourir, et les comment et les pourquoi ne présentaient pour lui aucun intérêt. A cette époque, Cholly était vraiment libre. Abandonné sur un tas d'ordures par sa mère, rejeté pour une partie de dés par son père, il n'avait plus rien à perdre. Il était seul avec ses perceptions et ses appétits, qui seuls l'intéressaient.

C'est dans cet état, où il était semblable à un dieu, qu'il a rencontré Pauline Williams. Et c'est Pauline, ou plutôt son mariage avec Pauline, qui a fait pour lui ce que la lampe électrique n'avait pas fait. La constance, l'absence de diversité, le poids de la monotonie l'ont conduit au désespoir et ont figé son imagination. Être obligé de coucher pour toujours avec la même femme était pour lui une idée étrange et anormale; devoir manifester de l'enthousiasme pour des actes anciens et des occupations de routine; il s'interrogeait sur l'arrogance des femmes. Quand il a rencontré Pauline dans le Kentucky, elle était appuyée à une clôture et se grattait avec un pied cassé. La simplicité, le charme, la joie qu'il a éveillés en elle lui ont donné envie de faire son nid avec elle. Il lui restait encore à découvrir ce qui détruisait ce désir. Mais il ne s'y est pas attardé. Il pensait plutôt à ce qui était arrivé à sa curiosité d'autrefois. Rien rien ne l'intéressait plus. Ni lui ni les autres. Il ne trouvait de répit, de lumière que dans la boisson, et quand cette lumière s'éteignait, il y avait l'oubli.

Mais l'élément de la vie conjugale qui l'a complètement abasourdi et ébranlé a été l'arrivée des enfants. N'ayant aucune idée de la façon dont on les élevait et n'ayant jamais vu de parents l'élever lui-même, il ne pouvait même pas comprendre ce qu'auraient dû être leurs relations. Si l'accumulation des objets l'avait intéressé, il aurait pu les considérer comme ses héritiers; s'il avait eu besoin de prouver son existence à des « autres » anonymes, il aurait pu vouloir qu'ils surpassent l'image qu'il avait de lui pour son salut. S'il n'avait pas été seul dans le monde depuis l'âge de treize ans, en n'ayant connu qu'une vieille femme en train de mourir pour s'occuper de lui, mais dont l'âge, le sexe et les intérêts étaient éloignés des siens, il aurait pu sentir une relation stable entre lui-même et les enfants. Il a réagi devant eux tel qu'il était, et ses réactions étaient fondées sur ce qu'il ressentait dans l'instant.

Un samedi après-midi, dans la pauvre lumière du printemps, il est rentré chez lui en titubant et il a vu sa fille dans la cuisine.

Elle faisait la vaisselle. Son dos étroit était penché sur l'évier. Cholly l'a aperçue indistinctement et il était incapable de dire ce qu'il voyait ou ce qu'il sentait. Puis il a eu conscience de son malaise; et ensuite cela s'est dissous en plaisir. Ses émotions se sont enchaînées en passant de la répulsion à la culpabilité, à la pitié puis à l'amour. Sa répulsion a été une réaction devant sa jeunesse, sa faiblesse, son impuissance. Son dos était voûté d'un côté; sa tête penchait de l'autre comme si elle se protégeait d'une gifle permanente. Pourquoi avait-elle cet air de chien battu? C'était une enfant sans problèmes – pourquoi est-ce qu'elle n'était pas heureuse? L'affirmation claire de ses souffrances était une accusation. Il voulait lui briser le cou – mais tendrement.

Le remords et l'impuissance sont montés en lui comme une bile. Que pourrait-il jamais faire pour elle? Que lui donner? Que lui dire? Que peut dire un Noir liquidé au dos voûté de sa fille de onze ans? S'il regardait son visage, il verrait ces yeux hagards et pleins d'amour. Le côté hagard l'irriterait – l'amour le mettrait en fureur. Comment osait-elle l'aimer? Est-ce qu'elle n'avait pas deux sous de jugeote? Qu'est-ce qu'il devait faire? Lui répondre? Comment? Qu'est-ce que pouvaient faire ses mains calleuses pour l'obliger à sourire? Dans ce qu'il savait du monde et de la vie, qu'est-ce qui pouvait lui être utile? Qu'est-ce que ses gros bras et son esprit confus pouvaient accomplir qui lui vaudrait son propre respect et qui lui permettrait d'accepter l'amour de sa fille? Sa haine à son égard s'est transformée en vase dans son estomac et a menacé de devenir vomi. Mais juste avant que le vomi passe de l'anticipation à la sensation, elle a déplacé le poids de son corps et a levé un pied pour se gratter l'arrière du mollet avec l'orteil de l'autre pied. C'était un geste tranquille et pitoyable. Ses mains ne cessaient de tourner dans une poêle, et grattaient des petits morceaux de noir dans l'eau de vaisselle graisseuse et froide. L'orteil timide et replié – Pauline faisait la même chose la première fois qu'il l'avait vue dans le Kentucky. Appuyée contre une barrière, le regard fixé sur rien en particulier. L'orteil crémeux de son pied nu qui grattait une jambe de velours. C'était un petit geste tellement simple, mais il l'a rempli d'une tendresse étonnante. Pas le désir habituel d'écarter des jambes serrées avec la sienne, mais une douceur, une envie de la protéger. Le désir de lui recouvrir le pied avec la main et de lui grignoter le mollet avec les dents là où ça la grattait. C'est ce qu'il avait fait autrefois et Pauline avait ri. Il a recommencé.

La tendresse a enflé en lui et il est tombé à

genoux, les yeux fixés sur le pied de sa fille. Il a rampé vers elle à quatre pattes et il a levé la main pour attraper le pied dans une caresse maladroite. Pecola a perdu l'équilibre et a failli tomber ; Cholly a levé l'autre main vers ses hanches pour la retenir. Il a baissé la tête et lui a grignoté l'arrière de la jambe. Sa bouche tremblait au contact de la ferme douceur de la chair. Il a fermé les yeux et a laissé ses doigts s'enfoncer dans sa taille. La raideur de son corps bouleversé, le silence de sa gorge frappée de stupeur étaient meilleurs encore que ne l'avait été le rire insouciant de Pauline. Le mélange confus des souvenirs qu'il avait de Pauline et de cet acte violent et interdit l'a excité et un éclair de désir a descendu dans ses parties génitales, il a bandé, et les lèvres de son anus se sont adoucies. Tout autour de ce désir, il y avait une frontière de politesse. Il a voulu la baiser – tendrement. Mais la tendresse n'a pas duré. L'étroitesse de son vagin était plus qu'il n'en pouvait supporter. Son âme a semblé glisser dans son ventre et jaillir en elle et sa gigantesque poussée pour la pénétrer lui a arraché le seul son qu'elle a émis – le bruit de l'air qu'elle aspirait au fond de sa gorge. Comme un ballon de baudruche qui se dégonfle brusquement.

Après la désintégration – l'affaissement – du désir sexuel, il a eu conscience des mains humides et savonneuses de Pecola sur ses poignets, les doigts serrés, mais il a été incapable de savoir si son étreinte venait d'une tentative vaine mais obstinée pour se libérer ou d'une autre émotion. Se retirer d'elle était si douloureux qu'il a abrégé en arrachant son sexe du port sec de son vagin. Elle semblait évanouie. Cholly s'est relevé et n'a pu voir que sa culotte grisâtre, si triste et si molle autour de ses chevilles. De nouveau la haine mêlée à la tendresse. La haine l'a empêché de la relever, la tendresse l'a obligé à la couvrir.

Ainsi, quand l'enfant a repris conscience, elle était allongée sur le sol de la cuisine sous un lourd couvre-pieds, et elle essayait d'établir un lien entre la douleur qu'elle ressentait entre ses jambes et le visage de sa mère indistinct au-dessus d'elle.

VO ICILE CHIE NOUA OUAF AITLECH
IENVEUXTUJOUERVAVECJANEREG
ARDEZLECHIENSESAUVESAUVETO

Une fois, il y avait un vieil homme qui aimait les objets, car le moindre contact avec les gens produisait en lui une nausée légère mais persistante. Il ne se souvenait pas quand ce dégoût avait commencé ni de ne pas l'avoir connu. Cette répulsion, que les autres ne semblaient pas partager, l'avait grandement perturbé quand il était petit garçon mais, comme il avait reçu une excellente éducation, il avait appris entre autres choses le mot « misanthrope ». La connaissance de ce qualificatif lui procurait à la fois une consolation et du courage, et il avait cru que nommer un mal était le neutraliser sinon l'annihiler. Puis il avait lu aussi plusieurs livres et avait fait la connaissance de quelques grands misanthropes du passé dont la compagnie spirituelle l'apaisait; ils lui fournissaient des étalons pour mesurer ses caprices, ses désirs et ses antipathies. En outre, il trouvait que la misanthropie était un excellent moyen pour former le caractère : quand il dominait sa répulsion et qu'il lui arrivait de toucher, d'aider, de conseiller ou de porter secours à quelqu'un, il considérait que son comportement était généreux et ses intentions nobles. Quand un effort ou un défaut humain le mettait en rage, il pouvait se trouver plein de discernement, d'exigences et de scrupules.

Comme beaucoup de misanthropes, son mépris des gens l'avait conduit vers une profession dont le but était de les servir. Il avait choisi un métier qui ne reposait que sur sa capacité à gagner la confiance des autres, et où des relations intimes étaient nécessaires. Après avoir caressé l'idée de se faire prêtre de l'Église anglicane, il y avait renoncé pour devenir assistant social. Cependant, le temps et la malchance avaient conspiré contre lui, et finalement il s'était décidé pour une profession qui lui donnait à la fois la liberté et la satisfaction. Il était devenu « lecteur, conseiller et interprète des rêves », un métier qui lui convenait très bien. Il était maître de son temps, il y avait peu de concurrence, la clientèle était déjà convaincue et, par conséquent, facile à manœuvrer, il avait de nombreuses occasions d'être témoin de la bêtise humaine sans y prendre part ni être compromis, et il pouvait entretenir sa délicatesse en contemplant la déchéance physique. Il gagnait peu mais il n'avait pas le goût du luxe – son expérience du monastère avait renforcé son ascétisme naturel tout en développant son penchant pour la solitude. Le célibat était un havre, le silence un bouclier.

Toute sa vie, il avait eu une tendresse particulière pour les choses – pas l'acquisition de la richesse ni de beaux objets, mais un amour authentique pour les choses usagées : une cafetière qui avait appartenu à sa mère, le paillasson d'une pension dans laquelle il avait habité autrefois, une couverture qui provenait d'un magasin de l'Armée du Salut. C'était comme si son mépris pour les contacts humains s'était transformé en désir pour les choses que les humains avaient touchées. Le peu d'humain qui tachait encore les objets inanimés était tout ce qu'il pouvait supporter de l'humanité. Par exemple, contempler les traces de pieds humains sur le paillasson, respirer l'odeur de la couverture et se rouler dans la douce certitude que de nombreux corps y avaient transpiré, dormi, rêvé, aimé, souffert et étaient même morts dessous. A chaque fois qu'il s'en allait, il emportait ses objets, et il en cherchait toujours d'autres. Cette passion pour les choses usées l'amenait à inspecter de façon fortuite, mais habituelle, le contenu des poubelles dans des impasses, et des corbeilles à papiers dans les lieux publics...

Dans l'ensemble, sa personnalité ressemblait à une arabesque : enchevêtrée, symétrique, équilibrée, et solidement bâtie – à l'exception d'une faille. Le dessin était parfois défiguré par des désirs sexuels rares mais violents.

Il aurait pu être homosexuel mais il n'en avait pas le courage. Il n'avait jamais pensé à la zoophilie et la sodomie était hors de question car il n'avait pas d'érections prolongées et ne pouvait supporter l'idée de celle d'un autre. En outre, la seule chose, qui le dégoûtait encore plus que de pénétrer et de caresser une femme, était d'être caressé ou de caresser un homme. De toute façon, ses désirs, bien qu'intenses, ne trouvaient aucun plaisir dans le contact physique. Il avait horreur de la chair sur la chair. L'odeur du corps, l'haleine l'accablaient. La vue d'une sécrétion desséchée au coin d'un œil, d'une dent gâtée ou manquante, du cérumen dans une oreille, de points noirs, de grains de beauté, d'ampoules, de croûtes – toutes les excrétions et les protections naturelles que peut produire le corps l'inquiétaient. Aussi son attention s'était-elle portée petit à petit sur ces humains dont le corps était moins agressif – les enfants. Et parce qu'il manquait trop d'assurance pour affronter l'homosexualité et que les petits garçons étaient insultants, timides et têtus, il avait fini par limiter son intérêt aux petits filles. En général, elles étaient faciles à manœuvrer et souvent séduisantes. Sa sexualité n'était absolument pas lubrique; le sentiment de protection qu'il éprouvait pour les petites filles avait un arrière-goût d'innocence et était associé dans son esprit à la propreté. Il était ce qu'on pouvait appeler un vieux monsieur bien propre. Un Antillais aux yeux bruns et à la peau café au lait.

Son nom était écrit sur un panneau derrière la fenêtre de sa cuisine et sur sa carte professionnelle qu'il distribuait, et pourtant les gens de la ville l'appelaient Soaphead Church, « Tête de Savon-Église ». Personne ne savait d'où venait la partie « Église » – peut-être un souvenir du temps où il avait été pasteur itinérant, – ces pasteurs qui avaient été nommés mais qui n'avaient ni troupeau ni ouailles et qui rendaient continuellement visite aux autres églises et s'installaient à l'autel avec le prêtre du lieu. Mais tout le monde savait ce que « Soaphead », Tête de Savon, signifiait – les cheveux courts et bouclés qui prenaient une teinte dorée et qui ondulaient quand on les enduisait de mousse de savon. Une méthode assez rudimentaire.

Il avait été élevé dans une famille fière de ses résultats universitaires et de son sang mêlé – en fait, ils croyaient que les premiers dépendaient du second. Un certain Sir Whitcomb, un aristocrate britannique décadent, qui avait choisi de se désintégrer sous un soleil plus reposant que celui d'Angleterre, avait introduit du sang blanc dans la famille au début des années 1800. Étant gentilhomme par décision du roi, il s'était comporté en civilisé à l'égard de son bâtard mulâtre – il lui avait donné trois cents livres sterling, à la plus grande satisfaction de la mère, qui avait pensé que la chance lui souriait. Le bâtard lui aussi avait été reconnaissant, et il avait considéré que le but de sa vie était le renforcement de cette ascendance blanche. Il avait accordé ses faveurs à une jeune fille de quinze ans de même origine. En bonne imitatrice de l'esprit victorien, elle avait appris de son mari tout ce qui méritait de l'être

– à se séparer en corps, esprit et âme de tout ce qui pouvait rappeler l'Afrique ; à cultiver des habitudes, des goûts et des préférences qu'auraient approuvés son beau-père absent et sa belle-mère stupide.

Ils avaient transmis cette anglophilie à leurs six enfants et à leurs seize petits-enfants. A part un révolté occasionnel et inexplicable qui avait choisi une Noire indocile, ils s'étaient élevés par le mariage en éclaircissant le teint de la famille et en en atténuant les traits.

Avec une confiance née de la conviction de leur supériorité, ils réussissaient très bien à l'école. Ils étaient travailleurs, méthodiques et énergiques, et espéraient prouver sans discussion possible l'hypothèse de Gobineau selon laquelle « toutes les civilisations découlent de la race blanche, aucune ne peut exister sans son aide, et une société n'est grande et brillante que dans la mesure où elle préserve le sang du groupe noble qui l'a créée ». Aussi, ils étaient rarement ignorés des instituteurs qui recommandaient les élèves prometteurs pour aller faire des études à l'étranger. Les garçons avaient étudié la médecine, le droit, la théologie et apparaissaient à intervalles réguliers dans les bureaux d'un gouvernement sans pouvoir, réservés aux indigènes. Leur corruption publique et privée, qui les rendait débauchés et lascifs, était considérée comme un droit aristocratique, et la plus grande partie de la population moins douée l'acceptait parfaitement.

Après le passage des années, à cause de la négligence de certains frères Whitcomb, il est devenu difficile de maintenir la blancheur de leur peau, et des parents éloignés ou non se sont mariés entre eux. Ces unions malavisées ne produisaient pas de mauvais effets évidents mais un ou deux descendants, de vieux jardiniers ou de vieilles domestiques, voyaient leurs facultés s'affaiblir et certains enfants avaient une disposition à l'excentricité. Un défaut qui s'ajoutait à l'alcoolisme et à la débauche ordinaires. Mais ils en accusaient les mariages consanguins, non les gènes du lord décadent. De toute façon, il y avait des impondérables. Pas plus que dans n'importe quelle autre famille, mais plus dangereux parce que plus puissants. L'un d'eux était un fanatique religieux qui avait fondé sa propre secte secrète et qui avait engendré quatre fils, dont l'un était devenu un instituteur réputé pour l'exactitude de sa justice et le contrôle sur sa violence. Cet instituteur avait épousé une jeune fille douce et indolente, à demi chinoise, qui n'avait pas eu la force de porter un fils. Elle était morte juste après la naissance. Son fils, Elihue Micah Whitcomb, avait fourni à l'instituteur l'occasion de mettre en pratique ses théories sur l'éducation, la discipline et la vie agréable. Le petit Elihue avait appris tout ce qu'il lui fallait parfaitement savoir, en particulier l'art merveilleux de se tromper soi-même. Il lisait avec avidité mais comprenait de façon sélective, en choisissant dans les idées des autres les bouts et les morceaux qui étayaient sa marotte du moment. Ainsi, il choisissait de se souvenir des insultes d'Hamlet à Ophélie mais pas de l'amour du Christ pour Marie-Madeleine ; de la politique futile d'Hamlet mais pas de l'anarchie sérieuse du Christ. Il notait l'aigreur de Gibbon mais pas sa tolérance, l'amour d'Othello pour la blonde Desdémone mais pas l'amour perverti de Iago pour Othello. L'auteur qu'il admirait le plus était Dante ; celui qu'il méprisait le plus, Dostoïevski. Dans son contact avec les plus grands esprits du monde occidental, il ne laissait que l'interprétation la plus étroite le toucher. Il répondait à la violence contrôlée de son père en développant des habitudes de dureté et une mollesse de l'imagination. Une haine mêlée de fascination pour toute idée de désordre ou de décadence.

Cependant, à dix-sept ans, il avait rencontré sa

Béatrice qui avait trois ans de plus que lui. Une jeune fille, jolie et rieuse, aux longues jambes, qui travaillait comme vendeuse dans un magasin chinois. Velma. Son affection et son amour de la vie étaient si grands qu'elle n'en avait pas éliminé le fragile et souffreteux Elihue. Elle avait trouvé touchants sa délicatesse exagérée et son manque total d'humour, et elle avait eu envie de lui faire connaître l'idée du plaisir. Il avait résisté mais elle l'avait épousé quand même pour découvrir qu'il souffrait et chérissait une mélancolie invincible. Quand, au bout de deux mois de mariage, elle s'était rendu compte à quel point sa mélancolie lui était nécessaire, que ce qui l'intéressait d'abord c'était de changer sa joie de vivre en une tristesse érudite, et qu'il mettait sur le même plan faire l'amour, la communion et le Saint Graal, elle était tout bonnement partie. Elle n'avait pas vécu au bord de la mer pendant toutes ces années, elle n'avait pas entendu les chansons des dockers pendant tout ce temps pour passer sa vie dans la cave silencieuse de l'esprit d'Elihue.

Il ne s'était jamais remis de sa désertion. Elle aurait dû être la réponse à sa question non posée, ignorée – où la vie allait-elle contrer la non-vie importune ? Velma allait le sauver de la non-vie qu'il avait apprise sous les coups de ceinture de son père. Mais il lui avait résisté si habilement qu'elle avait fini par fuir l'ennui inévitable qui résultait d'une vie si difficile.

Le jeune Elihue avait été sauvé de la ruine par la main ferme de son père qui lui avait rappelé la réputation de leur famille et celle douteuse de la famille de Velma. Il avait repris ses études avec plus de vigueur qu'avant et avait enfin décidé d'entrer dans les ordres. Quand on lui avait appris qu'il n'avait pas la vocation, il avait quitté l'île, était venu en Amérique pour faire des études de psychiatrie, domaine alors en pleine constitution. Mais le sujet exigeait trop de vérité, trop d'affrontements et offrait trop peu de soutien à un ego trop faible. Il était passé en sociologie puis en thérapie physique. Cette formation multiple avait duré six ans, jusqu'à ce que son père refuse de continuer à l'entretenir plus longtemps, et qu'il se « découvre ». Elihue, ne sachant pas où tourner le regard, en revint à ses expédients habituels, et il s'était « découvert » parfaitement incapable de gagner de l'argent. Il avait commencé à sombrer dans une distinction qui s'était effilochée rapidement, ponctuée de quelques occupations de col blanc accessibles aux Noirs en Amérique où l'on ne tenait aucun compte de son ascendance noble : réceptionniste dans un hôtel pour Noirs à Chicago, agent d'assurances, voyageur de commerce pour une maison de cosmétiques destinés aux Noirs. Il avait fini par s'installer à Lorain dans l'Ohio, en 1931, où il s'était fait passer pour pasteur en inspirant le respect par sa façon de parler l'anglais. Les femmes de la ville avaient découvert rapidement son célibat et, ne pouvant pas comprendre la façon dont il les rejetait, elles avaient décidé qu'il était surnaturel et pas anormal.

Quand il avait compris leur décision, il avait joué le jeu, en acceptant ce nom (Soaphead Church) et le rôle qu'elles lui avaient attribué. Il avait loué une arrière-boutique à une vieille dame très pieuse qui s'appelait Bertha Reese. Elle était propre, calme, et presque sourde. L'appartement n'avait qu'un défaut. Bertha Reese avait un vieux chien, Bob, aussi sourd et aussi calme qu'elle, mais pas aussi propre. Il passait la plupart de ses journées à dormir sur la véranda à l'arrière de la maison qui était l'entrée d'Elihue. Le chien était trop vieux pour être d'une quelconque utilité et Bertha Reese n'avait ni la force ni la présence d'esprit de s'occuper de lui comme il aurait fallu. Elle lui donnait à manger et à boire et le laissait tranquille. Le chien était sale ; de ses yeux fatigués coulait une matière verdâtre sur laquelle s'agglutinaient les moucherons et les mouches. Soaphead était révolté par Bob, il aurait aimé qu'il se dépêche de mourir. Il considérait que souhaiter la mort du chien était charitable car, se disait-il, il ne pouvait supporter la souffrance. Il ne lui venait pas à l'idée que la seule chose qui l'intéressait était sa propre souffrance parce que le chien s'était adapté à sa fragilité et à son grand âge. Soaphead avait finalement décidé de mettre fin au supplice de l'animal et il avait acheté du poison. Seule l'horreur d'être obligé de s'en approcher avait empêché Soaphead d'accomplir sa mission. Il attendait que la fureur ou la répulsion l'y pousse.

Il vivait au milieu de ses objets usés et se levait tôt chaque matin après un sommeil sans rêve pour conseiller ceux qui recherchaient ses conseils.

Son univers, c'était la crainte. Les femmes venaient le voir dans la crainte, elles lui parlaient à voix basse dans la crainte, pleuraient et suppliaient dans la crainte. Et la crainte était ce qu'il leur conseillait. Chacune trouvait seule le chemin de sa maison, enveloppée dans un suaire cousu de colère, de désir, d'orgueil, de vengeance, de solitude, de souffrance, de défaite et de faim. Elles lui demandaient les choses les plus simples : l'amour, la santé et l'argent. Faites qu'il m'aime. Dites-moi ce que signifie ce rêve. Aidez-moi à me débarraser de cette femme. Faites que ma mère me rende mes vêtements. Arrêtez ma main gauche de trembler. Faites sortir l'esprit de mon bébé du poêle. Arrêtez les ennuis d'un tel. Il agréait toutes ces demandes. Il faisait ce qu'on lui demandait – il ne suggérait jamais à quelqu'un que la requête était peut-être injuste, méchante ou sans espoir.

Grâce à des rencontres occasionnelles et de plus en plus rares avec de petites filles qu'il pouvait persuader de s'amuser avec lui, il vivait assez paisiblement au milieu de ses objets, sans regrets. Évidemment, il se rendait compte que quelque chose allait de travers dans sa vie, et dans toutes les vies, mais il renvoyait le problème là d'où il venait, aux pieds du Créateur de la vie. Puisque la décadence, le vice, la saleté et le désordre se répandaient partout, il croyait qu'ils devaient être dans la nature des choses. Le mal existait parce que Dieu l'avait créé. Lui, Dieu, avait fait une erreur incompréhensible et impardonnable de jugement : Il avait conçu un univers imparfait. Les théologiens justifiaient la présence de la corruption comme un moyen par lequel les hommes luttaient, étaient mis à l'épreuve et triomphaient. Un triomphe d'un ordre cosmique. Mais cet ordre, l'ordre de Dante, était dans la classification et la ségrégation de tous les niveaux de mal et de décadence. Dans le monde ce n'était pas comme ça. Les dames les plus belles s'asseyaient sur les toilettes, et les plus horribles avaient des désirs purs et sacrés. Dieu n'avait pas fait du bon travail et Soaphead pensait que lui-même aurait pu faire mieux. Quel dommage que le Créateur ne lui ait pas demandé conseil.

Soaphead réfléchissait une nouvelle fois à tout ça, par une chaude fin d'après-midi, quand il a entendu qu'on frappait à la porte. Il a ouvert et a vu une petite fille qu'il ne connaissait pas. Elle avait une douzaine d'années, et elle lui a semblé pitoyablement sans charme. Quand il lui a demandé ce qu'elle voulait, elle n'a pas répondu pas mais lui a tendu une des cartes qu'il distribuait et qui annonçaient ses dons et ses services : « Si vous êtes accablé d'ennuis et de conditions qui ne sont pas naturelles, je peux les chasser; mauvais sort, malchance et influences néfastes. Souvenez-vous, je suis un vrai lecteur de spiritualisme et de psychisme, né avec des pouvoirs, et je vous aiderai. Satisfaction à la première visite. Au cours de nombreuses années d'exercice, j'ai rétabli quantité de mariages et j'ai réuni de nombreuses personnes qui étaient séparées. Si vous êtes malheureux, découragé, ou dans la détresse, je peux vous aider. La malchance semble vous poursuivre? Celui ou celle que vous aimez a changé? Je peux vous dire pourquoi. Je vous dirai qui sont vos ennemis et vos amis, et si celui ou celle que vous aimez est sincère ou non. Si vous êtes malade, je peux vous montrer la voie de la guérison. Je localise les objets perdus ou volés. Satisfaction garantie. »

Soaphead lui a dit d'entrer.

« Que puis-je faire pour toi, mon enfant?

Elle restait debout, les mains croisées sur son petit ventre rond. « Peut-être. Peut-être que tu peux le faire pour moi.

– Qu'est-ce que je peux faire pour toi?

– Je ne peux plus aller à l'école. Et je me suis dit que tu pouvais peut-être m'aider.

– T'aider, comment? Dis-moi. N'aie pas peur.

– Mes yeux?

– Eh bien, quoi, tes yeux?

– Je veux qu'ils soient bleus. »

Soaphead a fait la moue et sa langue a caressé une de ses dents en or. Il a pensé que c'était la demande la plus fantastique et la plus logique qu'on lui ait adressée. Voici une petite fille très laide qui demandait la beauté. Il a été submergé par un élan d'amour et de compréhension, vite remplacé par la colère. La colère devant sa propre impuissance à l'aider. De tous les souhaits que les gens lui avaient adressés – argent, amour, vengeance – celui-ci lui paraissait le plus poignant et lui semblait mériter le plus d'être exaucé. Une petite fille noire qui voulait sortir de la fosse de sa négritude pour voir le monde avec des yeux bleus. Son indignation a augmenté pour finir par ressembler à du pouvoir. Pour la première fois, il a souhaité honnêtement être capable d'accomplir des miracles. Jamais auparavant il n'avait désiré avoir le pouvoir vrai et sacré – seulement le pouvoir de faire croire aux autres qu'il l'avait. Cela semblait si triste, si injuste que sa seule situation de mortel et non son jugement l'en empêche. Ou a-t-il réussi à le faire?

D'une main tremblante il a fait le signe de la croix sur elle. Sa chair s'est mise à frissonner; dans cette petite pièce obscure remplie d'objets usés, il était glacé.

« Je ne peux rien faire pour toi, mon enfant. Je ne suis pas un magicien. Je ne peux agir que par l'intermédiaire du Seigneur. Il se sert parfois de moi pour aider les gens. Tout ce que je peux faire, c'est m'offrir à Lui comme l'instrument par lequel il agit. S'Il veut que ton vœu soit exaucé, Il l'exaucera. »

Soaphead est allé jusqu'à la fenêtre en tournant le dos à la petite fille. Son esprit s'emballait, trébuchait, puis s'emballait de nouveau. Comment formuler la phrase suivante? Comment s'accrocher à ce sentiment de pouvoir? Ses yeux sont tombés sur le vieux Bob qui dormait sur la véranda.

« Nous devons faire, euh, une sorte de sacrifice, c'est-à-dire, une sorte de contact avec la nature. Une créature simple pourrait être le véhicule par lequel Il parlerait. Voyons. »

Il s'est agenouillé devant la fenêtre et a bougé les lèvres. Après ce qui lui a semblé un temps convenable, il s'est relevé et s'est dirigé vers la glacière qui se trouvait près de l'autre fenêtre. Il en a sorti un petit paquet enveloppé dans du papier rosâtre de boucher. Il a pris un petit flacon brun sur une étagère et a aspergé un peu de son contenu sur ce qui était dans le papier. Puis il a posé le paquet à moitié ouvert sur la table.

« Prends cette nourriture et va la donner à la créature qui dort sur la véranda. Assure-toi qu'elle la mange. Et regarde bien comment elle se comporte.

S'il ne se passe rien, tu sauras que Dieu t'a refusée. Si l'animal a un comportement étrange, ton vœu sera exaucé le jour qui suivra celui-ci. »

La petite fille a pris le paquet ; l'odeur de la viande noire et collante lui a donné envie de vomir. Elle a posé sa main sur son estomac.

« Courage. Courage, mon enfant. Ces choses ne sont pas pour les cœurs faibles. »

Elle a approuvé d'un signe de tête en avalant sa salive pour s'empêcher de vomir. Soaphead a ouvert la porte et elle est sortie.

« Au revoir, que Dieu te bénisse », a-t-il dit rapidement avant de refermer vivement la porte. Il est resté derrière la fenêtre pour la regarder, les sourcils rapprochés dans un mouvement de compassion, et sa langue caressait l'or lisse de sa mâchoire supérieure. Il a vu la petite fille se pencher sur le chien endormi qui, à son contact, a ouvert un œil liquide dont les coins étaient collés par une sécrétion verte. Elle a tendu la main et a touché la tête du chien pour le caresser doucement. Elle a posé la viande sur le plancher de la véranda, près de son nez. L'odeur a fini de le réveiller ; il a dressé la tête et s'est levé pour mieux sentir. Il a tout avalé en deux ou trois bouchées. La petite fille lui caressait la tête et le chien l'a regardée avec ses yeux doux en forme de triangle. Brusquement, il a toussé, une toux grasse de vieil homme, et s'est dressé sur ses pattes. La petite fille a sursauté. Le chien a eu des haut-le-cœur, sa gueule mâchait l'air, et il est tombé sur le côté. Il a essayé de se relever, n'y est pas arrivé, il a encore essayé et s'est écroulé en bas des marches. Il a fait le tour de la cour, en suffoquant et en trébuchant, comme un jouet cassé. La petite fille le regardait bouche bée et laissait voir un petit pétale de langue. Elle a fait un geste brusque d'un bras puis s'est couvert la bouche avec les deux mains. Elle essayait de ne pas vomir. Le chien est tombé de nouveau, le corps secoué d'un spasme. Puis il est resté immobile. Les mains sur la bouche, la petite fille a reculé de quelques pas, puis elle s'est retournée, pour sortir du jardin en courant vers l'allée.

Soaphead Church est allé jusqu'à la table. Il s'est assis en s'appuyant le front sur le gras des pouces de ses mains repliées. Puis il s'est levé et a marché jusqu'à une minuscule table de nuit avec un tiroir, d'où il a sorti du papier et un stylo. Il y avait une bouteille d'encre sur l'étagère devant la table. Lentement, soigneusement, en prenant plaisir à écrire, il a rédigé la lettre suivante :

DEST. : À LUI QUI ANOBLIT GRANDEMENT LA NATURE HUMAINE EN LA CRÉANT

Cher Dieu,

Le but de cette lettre est de Te faire connaître des faits soit qui échappèrent à Ton attention, soit que Tu choisis d'ignorer.

Autrefois, je vivais, innocent et jeune, sur une de Tes îles. Une île de l'archipel de l'Atlantique Sud entre l'Amérique du Nord et l'Amérique du Sud, qui ferme la mer des Caraïbes et le golfe du Mexique : divisé en Grandes Antilles, Petites Antilles et îles Bahamas. Pas les colonies des îles Caraïbes, remarque, mais bien sûr dans la plus grande des deux Antilles (la précision de ma prose est peut-être parfois laborieuse, mais il est nécessaire que je m'identifie clairement auprès de Toi). Voilà.

Dans cette colonie, nous considérions comme nôtres les caractéristiques les plus spectaculaires et les plus évidentes de nos maîtres blancs, qui étaient bien sûr les pires. En conservant l'identité de notre race, nous nous raccrochions à ces caractéristiques plus flatteuses à posséder et moins embarrassantes à maintenir. En conséquence, nous n'étions pas royaux mais snobs, pas aristocratiques mais conscients de notre classe ; nous pensions que l'autorité, c'était la cruauté envers nos inférieurs et que l'éducation consistait à aller à l'école. Nous avions confondu la violence et la passion, l'indolence et le loisir, et nous avons cru que la témérité était la liberté. Nous élevions nos enfants et nous cultivions nos moissons ; nous laissions les enfants grandir et nos propriétés se développer. La condition de l'homme était définie par les acquisitions. La condition de la femme par l'acceptation. Et nous avions en horreur l'odeur de nos fruits et le travail de nos journées.

Ce matin, avant l'arrivée de la petite fille noire, j'ai pleuré – pour Velma. Oh, sans bruit. Il n'existe aucun vent pour transporter, porter ou même refuser de porter un bruit si chargé de regret. Mais à ma manière silencieuse, j'ai pleuré – pour Velma. Il faut que Tu sois au courant à propos de Velma pour comprendre ce que j'ai fait aujourd'hui.

Elle (Velma) m'a quitté comme on quitte une chambre d'hôtel. Une chambre d'hôtel est un endroit où l'on va quand on fait quelque chose d'autre. En elle-même, elle n'est d'aucune conséquence sur le projet principal. Une chambre d'hôtel est commode. Mais ce qu'elle a de commode est limité au temps dont on a besoin d'elle, pendant qu'on est dans cette ville particulière, occupé à cette affaire particulière ; on l'espère confortable mais on la préfère plutôt anonyme. Après tout, ce n'est pas là qu'on *vit*.

Quand on n'a plus besoin d'elle, on paie pour l'avoir utilisée ; on dit « merci, monsieur », et quand ce qu'on avait à faire dans cette ville est terminé, on quitte la chambre. Est-ce qu'on regrette de quitter une chambre d'hôtel ? Est-ce qu'on souhaite y rester quand on a une maison, une vraie maison quelque part ? Est-ce qu'on se retourne avec affection, ou même dégoût, vers une chambre d'hôtel quand on la quitte? On peut aimer ou mépriser ce qu'on a *vécu* dans cette chambre. Mais la chambre elle-même? On en garde pourtant un souvenir. Non, oh non, pas pour se souvenir de la chambre. Pour se souvenir plutôt du moment et du lieu, de ce qu'on a fait, de son aventure. Que peut-on éprouver pour une chambre d'hôtel? On n'éprouve rien de plus pour une chambre d'hôtel qu'on ne s'attend à ce qu'une chambre d'hôtel éprouve pour son occupant.

Ce fut ainsi, Père céleste, si céleste, qu'elle me quitta; ou, plus exactement, elle ne me quitta jamais parce qu'elle ne fut jamais là.

Tu Te souviens, n'est-ce pas, comment et de quoi nous sommes faits? Maintenant, laisse-moi Te parler des seins des petites filles. Je m'excuse pour l'inconvenance (est-ce cela?), le déséquilibre qui consiste à les aimer à des moments embarrassants de la journée, et dans des endroits incommodes, ainsi que le manque de goût dont j'ai fait preuve en aimant des membres de ma famille. Dois-je m'excuser d'aimer des étrangères?

Mais Tu es aussi dans Ton tort, Seigneur. Comment, pourquoi as-Tu permis que cela se passe? Comment se fait-il que j'aie pu lever les yeux de la contemplation de Ton Corps pour m'abîmer dans la contemplation des leurs? Les bourgeons. Les bourgeons sur certains de ces jeunes arbres. Ils étaient humbles, Tu sais, humbles et tendres. Des bourgeons, humbles et petits, résistants au toucher, souples comme du caoutchouc. Mais agressifs. Me défiant de les toucher. M'ordonnant de les toucher. Pas du tout timides, comme Tu pourrais le supposer. Ils se tendaient vers moi, oh oui, vers moi. Des fillettes aux poitrines fluettes comme des doigts. Les as-Tu jamais vues, Seigneur? Je veux dire, vraiment vues? On ne peut pas les voir et ne pas les aimer. Toi qui les as faites, Tu as dû les considérer comme dignes d'être aimées, même comme idée – la manifestation de cette idée est encore bien plus digne d'être aimée. Comme Tu dois T'en souvenir, je n'ai pas pu empêcher mes mains, ma bouche d'y toucher. Doux et salés. Comme des fraises pas encore mûres recouvertes d'une légère sueur salée pour avoir couru pendant des jours, sauté, gambadé, bondi pendant des heures.

L'amour que j'avais pour eux – le contact, le goût, la sensation que j'en avais – n'était pas seulement un vice humain de luxure; pour moi, ils étaient Une Chose à Faire à la Place. A la place de papa, à la place de la prêtrise, à la place de Velma, et j'ai choisi de ne pas m'en passer. Mais je n'allais pas à l'église. Au moins, je n'ai pas fait ça. Qu'est-ce que j'ai fait? J'ai dit aux gens que je savais tout de Toi. Que j'avais reçu Tes Pouvoirs. Ce n'était pas totalement un *mensonge*; mais c'était *totalement* un mensonge. Je n'aurais jamais dû, je le reconnais, je n'aurais jamais dû prendre leur argent en échange de mensonges bien tournés, bien placés, bien dits. Mais, remarque que j'ai détesté ça. Pas un seul instant je n'ai aimé les mensonges ou l'argent.

Mais réfléchis: la femme qui a quitté la chambre d'hôtel.

Réfléchis: l'enfance, le midi de l'archipel.

Réfléchis: leurs yeux pleins d'espoir que ne surpassait que l'espoir de leurs seins.

Réfléchis: à quel point j'avais besoin d'un mal agréable pour écarter ce que je ne pouvais supporter de savoir.

Réfléchis: à quel point je détestais et je méprisais l'argent.

Et maintenant, réfléchis : sans tenir compte de mes mérites mais de ma pitié, cette petite fille noire est venue me voir seule, aujourd'hui. Dis-moi, Seigneur, comment as-Tu pu laisser une gamine seule si longtemps qu'elle ait fini par venir jusqu'à moi ? Comment as-Tu pu ? Je pleure sur Toi, Seigneur. Et c'est parce que je pleure sur Toi que j'ai dû faire Ton travail à Ta place.

Sais-Tu pourquoi elle est venue ? Des yeux bleus. De nouveaux yeux bleus, a-t-elle dit. Comme si elle s'achetait des chaussures neuves. « J'aimerais avoir une paire d'yeux bleus neufs. » Elle a dû T'en demander pendant très longtemps et Tu n'as pas répondu. (J'aurais pu lui dire que c'est une habitude, une très ancienne habitude non respectée seulement pour Job – mais rien depuis.) Elle est venue vers *moi* pour en avoir. Elle avait une de mes cartes (ci-jointe). A propos, j'ai ajouté Micah – Elihue Micah Whitcomb. Mais on m'appelle Soaphead Church. Je ne me souviens plus comment ni pourquoi on m'a donné ce nom. Qu'est-ce qui fait qu'un nom convient mieux à une personne qu'un autre ? Le nom est-il la chose vraie alors ? Et la personne seulement ce que dit son nom ? Est-ce pour cela qu'à la question la plus simple et la plus amicale que T'a posée Moïse : « Quel est Ton nom ? », Tu n'as pas répondu mais Tu as dit à la place : « Je suis qui je suis » ? Comme Popeye. « J' suis qui j' suis. » Tu avais peur, hein, de donner Ton nom ? Peur qu'ils connaissent Ton nom et donc qu'ils Te connaissent ? Et qu'ils n'aient plus peur de Toi ? Très bien. Ne sois pas vexé. Je ne voulais pas Te froisser. Je comprends. Moi aussi je me suis mal conduit et j'ai été malheureux aussi. Mais un jour, *je* mourrai. J'ai toujours été si gentil. Pourquoi est-ce que je dois mourir ? Les petites filles. Les petites filles sont les seules choses qui me manqueront. Sais-Tu que lorsque je touchais leurs petits tétins dressés, quand je les mordais – un peu seulement –, je sentais que j'étais leur ami ? Je ne voulais pas leur embrasser la bouche ni coucher avec elles, ni avoir une épouse enfant. Je me sentais gai et amical. Pas comme ce que disent les journaux. Pas comme ce que murmurent les gens. Et ça ne leur déplaisait pas du tout. Pas du tout. Tu te souviens que beaucoup sont revenues ? Personne n'a simplement voulu comprendre ça. Si je leur avais fait mal, est-ce qu'elles seraient revenues ? Il y en a deux, Doreen et Sugar Babe, elles venaient ensemble. Je leur donnais des bonbons à la menthe, de l'argent et elles mangeaient des glaces, les jambes écartées pendant que je jouais avec elles. C'était comme une petite fête. Et il n'y avait rien de malpropre, rien de sale, aucune odeur, aucun gémissement – simplement le rire léger et blanc des petites filles et le mien. Et il n'y avait aucun regard – aucun long regard bizarre – aucun long regard bizarre de Velma ensuite. Pas de regard qui fait qu'on se sent sale après. Qui fait qu'on veut mourir. Avec les petites filles c'est propre, bon et amical.

Il faut que Tu comprennes ça, Seigneur. Tu as dit : « Laissez venir à moi les petits enfants et ne leur faites point de mal. » Tu as oublié ? Tu as oublié à propos des enfants ? Oui. Tu as oublié. Tu les laisses dans le besoin, sur le bas-côté de la route, pleurant près de leur mère morte. Je les ai vus carbonisés, boiteux, estropiés. Tu as oublié, Seigneur. Tu as oublié comment et quand être Dieu.

C'est pourquoi j'ai changé les yeux de la petite fille noire et je ne l'ai pas touchée ; je n'ai pas posé le doigt sur elle. Mais je lui ai donné les yeux bleus qu'elle voulait. Pas en échange de plaisir, ni d'argent. J'ai fait ce que Tu n'as pas fait, ce que Tu n'as pas pu, pas voulu faire : j'ai regardé cette petite fille laide, et je l'ai aimée. J'ai joué à être Toi. Et c'était un très beau spectacle !

Moi, j'ai fait un miracle. Je lui ai donné des yeux. Je lui ai donné deux yeux bleus, bleus, bleus. Bleu cobalt. Une nuance prise directement à Ton ciel bleu. Personne d'autre ne verra ses yeux bleus. Mais *elle* les verra. Et désormais, elle vivra heureuse. Moi, j'ai trouvé bon et juste de le faire.

Maintenant, Tu es jaloux. Tu es jaloux de moi.

Tu vois ? Moi aussi j'ai créé. Pas de façon primitive, comme Toi, mais la création est un vin qui monte à la tête, plus pour celui qui le goûte que pour celui qui le vendange.

M'étant ainsi imbibé de ce nectar, je n'ai pas peur de Toi, de la Mort, même pas de la Vie et tout est bien à propos de Velma ; et tout est bien à propos de papa ; et tout est bien à propos des Grandes et des Petites Antilles. Parfaitement bien. Parfaitement.

Avec mon meilleur souvenir, je reste ton dévoué

Elihue Micah Whitcomb.

Soaphead a plié les feuilles de papier en trois parties égales et les a glissées dans une enveloppe. Il n'avait pas de sceau, mais il avait envie de cire à cacheter. Il a sorti une boîte à cigares de sous le lit et a fouillé dedans. Elle contenait certains de ses objets les plus précieux : un éclat de jade détaché d'un poignet de manchette au Chicago Hotel ; un pendentif en or, en forme de Y, avec un morceau de corail, qui avait appartenu à la mère qu'il n'avait pas connue ; quatre grandes épingles à cheveux que Velma avait laissées sur le bord du lavabo de la salle de bains ; un ruban de gros-grain bleu clair venant des cheveux d'une petite fille qui s'appelait Bijou

Précieux; un robinet noirci de l'évier d'une cellule dans la prison de Cincinnati; deux billes trouvées sous un banc à Morningside Park, par un très beau matin de printemps; un vieux catalogue de produits de beauté qui sentait encore la poudre couleur noisette et la crème de jour au citron. Distrait par ses objets, il a oublié ce qu'il cherchait. L'effort à faire pour se souvenir était trop grand; il avait un bourdonnement dans la tête et une grande vague de fatigue l'a submergé. Il a refermé sa boîte, il s'est allongé sur le lit et il a glissé dans un sommeil d'ivoire d'où il a été incapable d'entendre les petits jappements d'une vieille femme sortie de sa boutique de bonbons qui venait de trouver le corps immobile d'un vieux chien qui s'appelait Bob.

L'été

Je n'ai qu'à mordre dans la dureté d'une fraise, et je vois l'été – sa poussière et ses ciels menaçants. L'été reste pour moi la saison des orages. Les journées desséchées et les nuits moites se mêlent dans mon esprit, mais les orages, les orages soudains et violents, m'effrayaient et en même temps étanchaient ma soif. Mais ma mémoire est infidèle ; je me souviens d'un orage d'été dans la ville où nous habitions et j'imagine un été que ma mère a connu en 1929. Il y eut une tornade cette année-là, disait-elle, qui a ravagé la moitié sud de Lorain. Je mélange son été et le mien. Je mords dans la fraise, je pense aux orages, et je la vois. Une jeune fille mince dans une robe de crêpe rose. Elle a une main sur la hanche ; l'autre pend près de sa cuisse – elle attend. Le vent l'emporte, audessus des maisons, mais elle est toujours là, la main sur la hanche. Elle sourit. L'anticipation et la promesse de sa main qui pend ne sont pas modifiées par l'holocauste. Pendant la tornade de l'été 1929, la main de ma mère est encore brûlante. Elle sourit, elle est forte et détendue alors que le monde s'écroule autour d'elle. Ainsi sont les souvenirs. Les faits publics deviennent une réalité privée et les saisons d'une ville du Middle West deviennent la *Moïra* de nos petites vies.

L'été était déjà avancé quand Frieda et moi, nous avons reçu nos graines. Nous attendions depuis avril le colis magique contenant des sachets et des sachets de graines que nous devions vendre cinq cents pièce, ce qui nous donnerait le droit d'avoir une bicyclette neuve. Nous y croyions, et nous passions la majeure partie de nos journées à arpenter la ville pour les vendre. Maman nous avait limitées aux maison des gens que nous connaissions ou aux quartiers voisins qui nous étaient familiers, mais nous frappions à toutes les portes, et nous entrions dans toutes les maisons qui s'ouvraient : des maisons de douze pièces qui abritaient une demi-douzaine de familles, et qui sentaient la graisse et l'urine ; de minuscules maisons de bois de quatre pièces blotties dans les buissons près de la voie ferrée ; les appartements à l'étage – au-dessus des poissonneries, des boucheries, des magasins de meubles, des cafés, des restaurants ; les jolies maisons de brique avec des tapis à fleurs et des bols à bord cannelé.

Pendant cet été de la vente des graines nous pensions à l'argent, nous pensions aux graines et nous n'écoutions ce qu'on nous disait que d'une oreille. Chez les gens qui nous connaissaient, on nous demandait d'entrer et de nous asseoir, on nous donnait de l'eau fraîche ou de la citronnade ; et pendant que nous nous reposions, les gens continuaient leurs conversations ou reprenaient leurs activités. Petit à petit, nous avons commencé à reconstituer une histoire, une histoire terrible, épouvantable et secrète. Et ce n'est qu'après avoir vaguement surpris deux ou trois de ces conversations que nous nous sommes rendu compte qu'il s'agissait de Pecola. Remises à leur place, les bribes de bavardages disaient ceci :

« Vous avez appris à propos de cette petite fille ?

– Quoi ? Enceinte ?

– Ouais. Mais devinez de qui ?

– Qui? Je ne connais pas tous les garçons?

– Justement. C'est pas un garçon. On dit que c'est Cholly.

– Cholly? Son père?

– Oui, oui.

– Mon Dieu. Ayez pitié. Ce sale nègre.

– Vous vous souvenez la fois qu'il a voulu les faire brûler? A ce moment-là, j'ai compris qu'il était vraiment fou.

– Qu'est-ce qu'elle va faire? La maman?

– Elle va continuer, à mon avis. Il a décampé.

– Au comté, ils vont pas la laisser garder son bébé, hein?

– Je sais pas.

– Tous ces Breedlove, ils me semblent pas aller bien. Le garçon est toujours en train de se sauver, et la fille avait pas l'air normal.

– De toute façon, on sait rien d'eux. D'où ils viennent et rien. Ils semblent pas avoir de famille.

– A votre avis, qu'est-ce qui l'a poussé à faire une chose comme ça?

– Ça me dépasse. C'est dégoûtant.

– Ils devraient la retirer de l'école.

– Ils devraient. Elle y est bien pour quelque chose.

– Oh, allez, elle a à peine douze ans.

– Ouais. Mais on ne sait jamais. Comment ça se fait qu'elle ne s'est pas débattue?

– Elle l'a peut-être fait.

– Ouais? On ne sait jamais.

– Il ne vivra sûrement pas. On dit que sa mère l'a tellement battue qu'elle a de la chance d'être encore en vie.

– Elle aura de la chance s'il ne vit pas. Ce serait la chose la plus laide qu'on aurait vu marcher.

– Ça c'est sûr. Devrait y avoir une loi. Deux personnes aussi laides qui s'additionnent comme ça pour faire encore plus laid. Il serait mieux sous terre.

– Y a pas de quoi s'inquiéter. Ce serait un miracle s'il vivait. »

Notre étonnement n'a pas duré, car il a cédé la place à une curieuse honte défensive; nous étions gênées pour Pecola, blessées pour elle, puis finalement nous nous sommes simplement senties désolées pour elle. Notre tristesse a chassé toute pensée de la bicyclette neuve. Et je crois que notre chagrin était d'autant plus grand que personne ne semblait le partager. Les gens étaient dégoûtés, amusés, scandalisés, indignés et même excités par l'histoire. Mais nous cherchions celui qui dirait « Pauvre petite », ou « Pauvre bébé », mais à la place il n'y avait que des hochements de tête. Nous cherchions des yeux préoccupés mais nous n'avons vu que des voiles.

Je pensais à ce bébé dont tout le monde souhaitait la mort et je le voyais très précisément. Il était dans un endroit obscur et humide, la tête couverte de grands O de laine, son visage noir qui renfermait, comme deux pièces d'argent, deux yeux noirs bien propres, le nez épaté, les lèvres épaisses, et la soie noire vivante et palpitante de la peau. Pas de frange synthétique pendant au-dessus des yeux bleus, ronds comme des billes, pas de nez pincé ni de bouche arquée. Je ressentais le besoin, plus fort que ma tendresse pour Pecola, de quelqu'un qui veuille que ce bébé noir vive – simplement pour m'opposer à l'amour universel pour les jolies poupées blanches, les Shirley Temple et les Maureen Peal. Et Frieda devait ressentir la même chose. Nous ne pensions pas au fait que Pecola n'était pas mariée; des quantités de filles avaient des bébés et n'étaient pas mariées. Et on ne s'attardait pas non plus sur le fait que le père du bébé était aussi le père de Pecola; le phénomène d'avoir un bébé de la part de n'importe quel homme nous était incompréhensible – au moins elle connaissait son père. Nous ne pensions qu'à cette haine accablante pour le bébé pas encore né. Nous nous rappelions que Mrs Breedlove avait frappé Pecola et qu'elle avait essuyé les larmes roses de la petite poupée froide qui faisait le même bruit que la porte de notre glacière. Nous nous rappelions les yeux écarquillés des écoliers sous le regard de Meringue Pie et les yeux des mêmes enfants quand ils regardaient Pecola. Ou peut-être ne nous en rappelions-nous pas ; nous savions seulement. Depuis toujours, nous nous étions défendues contre tout et contre tous, en considérant toute parole comme un code que nous devions percer, et tout geste comme l'objet d'une analyse attentive ; nous étions devenues têtues, sournoises et arrogantes. Personne ne faisait attention à nous, aussi nous faisions très attention à nous-mêmes. Nous ne connaissions pas nos limites – pas encore. Notre seul handicap était notre taille ; les gens nous donnaient des ordres parce qu'ils étaient plus grands et plus forts. Aussi ce fut avec confiance, rendues plus fortes par la pitié et l'orgueil, que nous avons décidé de changer le cours des événements, et de modifier une vie.

« Qu'est-ce qu'on va faire, Frieda ?

– Qu'est-ce qu'on peut faire ? Miss Johnson a dit que ce serait un miracle s'il vivait.

– Alors il faut faire un miracle.

– Ouais, mais comment ?

– On pourrait prier.

– C'est pas suffisant. Tu te souviens la dernière fois avec l'oiseau ?

– C'était différent ; il était à moitié mort quand on l'a trouvé.

– Ça m'est égal, je pense quand même que cette fois on doit faire quelque chose de vraiment fort.

– Demandons-Lui que le bébé de Pecola vive et promettons-Lui d'être sages pendant un mois entier.

– D'accord. Mais on devrait aussi sacrifier quelque chose pour qu'Il sache qu'on est vraiment sincères cette fois.

– Sacrifier quoi ? On n'a rien. Que l'argent des graines, deux dollars.

– On pourrait donner ça. Ou, tu sais quoi ? On pourrait sacrifier le vélo. Enterrer l'argent et... semer les graines.

– Tout l'argent ?

– Claudia, tu veux le faire ou pas ?

– D'accord. Je me disais seulement... D'accord.

– Il faut qu'on le fasse bien et tout de suite. On va enterrer l'argent près de chez elle, comme ça on ne pourra pas y retourner pour le déterrer, et on va semer les graines derrière chez nous, comme ça on pourra les surveiller. Et quand on les verra pousser, on saura que tout va bien. D'accord ?

– D'accord. Seulement, laisse-moi chanter cette fois. Toi, tu dis les mots magiques. »

REGARDEZVOICIUNAMIL'AMIVAJ
OUERAVECJANEILSVONTJOUERAU
NJEUAMUSANTJOUEJANEJOUEJAN

Combien de fois par minute vas-tu regarder dans ce vieux truc?

J'y ai pas regardé longtemps.

Si, longtemps...

Et alors? Je peux y regarder si je veux.

Je n'ai pas dit que tu ne pouvais pas y regarder. Simplement, je ne sais pas pourquoi il faut que tu y regardes à chaque minute. Ils ne vont pas s'en aller.

Je sais. J'aime bien regarder, c'est tout.

Tu as peur qu'ils s'en aillent?

Bien sûr que non. Comment est-ce qu'ils pourraient s'en aller?

Les autres sont bien partis.

Ils ne sont pas partis. Ils ont changé.

S'en aller. Changer. Quelle différence ça fait?

Ça en fait beaucoup. Mr Soaphead a dit qu'ils dureraient toujours.

Toujours et à jamais Amen?

Oui, si tu veux le savoir.

C'est pas la peine de jouer à Mademoiselle-je-sais-tout quand tu me parles.

Je joue pas à Mademoiselle-je-sais-tout. C'est toi qui as commencé.

Parce que j'aimerais faire autre chose que te contempler pendant que tu te regardes dans la glace.

T'es jalouse.
Non.
Si. Tu aimerais les avoir.
Ha! De quoi j'aurais l'air avec des yeux bleus?
De pas grand-chose.
Si tu continues, autant que je m'en aille.
Non. Ne t'en va pas. Qu'est-ce que tu veux faire?
On pourrait aller jouer dehors, par exemple.
Mais il fait trop chaud.
Tu peux emporter ton vieux miroir. Mets-le dans la poche de ta veste, et tu pourras te regarder d'un bout à l'autre de la rue.
Oh! je n'aurais jamais cru que tu serais tellement jalouse.
Oh, allez!
Tu l'es.
Je suis quoi?
Jalouse.
D'accord. Alors, je suis jalouse.
Tu vois. Je te le l'avais dit.
Non. C'est moi qui te l'ai dit.
Est-ce qu'ils sont vraiment très beaux?
Oui. Très beaux.
« Très beaux », c'est tout?
Vraiment, réellement très beaux.
Vraiment, réellement, bleument très beaux?
Oh, mon Dieu, tu es folle.
Non!
Ce n'est pas ce que je voulais dire.
Alors, qu'est-ce que tu voulais dire?
Allez. Il fait trop chaud ici.
Attends une minute. Je ne trouve pas mes chaussures.
Elles sont ici.
Oh, merci.
T'as pris ton miroir.
Oui, ma petite...
Alors allons-y...Oh!

Qu'est-ce qu'il y a?

Le soleil est trop brillant. Ça me brûle les yeux.

Pas les miens. Je ne cligne même pas des paupières. Regarde. Je peux regarder le soleil en face.

Fais pas ça.

Pourquoi? Ça ne fait pas mal. Je n'ai même pas besoin de cligner des paupières.

Eh bien, cligne quand même. Ça me fait tout drôle, de te voir regarder le soleil comme ça.

Drôle comment?

Je ne sais pas.

Si, tu le sais. Tu te sens drôle comment?

Je te l'ai dit, je ne sais pas.

Pourquoi est-ce que tu ne me regardes pas quand tu dis ça? Tu regardes en dessous comme Mrs Breedlove.

Mrs Breedlove te regarde par en dessous?

Oui. Maintenant. Depuis que j'ai mes yeux bleus, elle détourne toujours les yeux. Tu crois qu'elle est jalouse elle aussi?

Peut-être. Ils sont beaux, tu sais.

Je sais. Il a vraiment fait ça très bien. Tout le monde est jaloux. A chaque fois que je regarde quelqu'un, il détourne les yeux.

C'est pour ça que personne ne t'a dit à quel point ils sont beaux?

C'est sûr. Tu te rends compte? Quelque chose comme ça qui arrive à quelqu'un, et personne, mais vraiment personne n'en dit un mot? Ils font tous semblant de pas les voir. Tu trouves pas ça drôle?... hein, tu trouves pas ça drôle?

Si.

Tu es la seule à me dire à quel point ils sont beaux.

Oui.

Tu es une vraie amie. Je m'en veux de t'avoir accusée tout à l'heure. Je veux dire, de t'avoir dit que t'étais jalouse et tout.

Ça ne fait rien.

Non. Vraiment. Tu es ma meilleure amie. Pourquoi est-ce que je ne t'ai pas connue avant?

Avant, tu n'avais pas besoin de moi.

Pas besoin de toi?

Je veux dire... tu étais tellement malheureuse avant. Je crois que tu ne m'as pas remarquée avant.

Tu dois avoir raison. Et j'étais tellement seule, sans amies. Et tu étais juste ici. Devant mes yeux.

Non, ma chérie, juste après tes yeux.

Quoi?

Maureen, qu'est-ce qu'elle pense de tes yeux?

Elle ne m'en a pas parlé. Est-ce qu'elle t'a dit quelque chose?

Non, rien.

Tu l'aimes, Maureen?

Oh. Elle est très gentille. Pour une métisse, je veux dire.

Je sais ce que tu veux dire. Mais tu aimerais être son amie? Je veux dire, tu aimerais te promener avec elle ou des choses comme ça?

Non.

Moi non plus. Mais tout le monde l'aime bien, c'est sûr.

Qu'est-ce que ça peut faire que tout le monde l'aime bien?

Ça ne fait rien.

Absolument rien.

De toute façon, ça ne peut pas t'arriver. Tu ne vas même pas à l'école.

Toi non plus.

Je sais. Mais j'y suis allée.

Pourquoi est-ce que tu as arrêté?

Ils m'ont obligée.

Qui ça?

Je ne sais pas. Le premier jour, quand j'ai eu mes yeux bleus. Eh ben, le lendemain, ils ont fait venir Mrs Breedlove. Maintenant, j'y vais plus. Mais ça m'est égal.

C'est vrai?

Oui. Ils ont des préjugés, c'est tout.

Oui, c'est vrai qu'ils ont des préjugés.

Simplement parce que j'ai eu des yeux bleus, plus bleus que les leurs.

C'est vrai.

Ils sont plus bleus, hein?

Oh oui. Beaucoup plus bleus.

Plus bleus que ceux de Joanna?

Beaucoup plus bleus que ceux de Joanna.

Et plus bleus que ceux de Michelena?

Beaucoup plus bleus que ceux de Michelena.

C'est ce que je pensais. Est-ce que Michelena t'a dit quelque chose à propos de mes yeux?

Non, rien.

Est-ce que tu lui as dit quelque chose?

Non.

Comment ça se fait?

Comment ça se fait quoi?

Comment ça se fait que tu ne parles à personne?

Je te parle à toi.

En dehors de moi.

Je n'ai personne en dehors de toi.

Où est-ce que tu habites?

Je te l'ai déjà dit.

Comment s'appelle ta mère?

Pourquoi est-ce que tu te mêles toujours de mes affaires?

Je me demandais seulement. Tu ne parles à personne. Tu ne vas pas à l'école. Et personne ne te parle.

Comment est-ce que tu sais que personne ne me parle?

Personne te parle. Quand tu es à la maison avec moi, même Mrs Breedlove te dit rien. Jamais. Parfois, je me demande même si elle te voit.

Pourquoi est-ce qu'elle ne me verrait pas?

Je ne sais pas. C'est tout juste si elle ne te marche pas dessus.

Peut-être qu'elle n'est pas très bien depuis que Cholly est parti.

Oh, oui. Tu dois avoir raison.

Il lui manque sûrement.

Je vois vraiment pas pourquoi. Il ne faisait que se saouler et lui taper dessus.

Ah, tu sais comment sont les adultes.

Oui. Non. Comment est-ce qu'ils sont?

Ah, elle l'aimait sans doute.

Lui?

Bien sûr. Pourquoi pas? De toute façon, si elle ne l'aimait pas, elle l'a laissé lui faire ça tout le temps.

C'est rien.

Comment est-ce que tu le sais?

Je les ai vus. Elle n'aimait pas ça.

Alors pourquoi est-ce qu'elle l'a laissé lui faire ça?

Parce qu'il lui faisait ça de force.

Comment est-ce que quelqu'un pourrait vous faire quelque chose comme ça de force?

Facile.

Ah ouais? Comment facile?

Il te fait ça, c'est tout.

Tu as peut-être raison. Et Cholly pouvait faire ça de force à n'importe qui?

Non.

Il te l'a bien fait, à toi.

Ferme-la!

D'accord, d'accord.

Il a simplement essayé, tu vois? Il n'a rien fait. Tu m'entends?

Je la ferme.

T'as intérêt. J'aime pas qu'on dise des choses comme ça.

J'ai dit que je la fermais.

Tu dis toujours des cochonneries. Qui est-ce qui t'a parlé de ça, de toute façon?

J'ai oublié.

Sammy?

Non. C'est toi qui m'en as parlé.

C'est pas vrai.

Si. Tu as dit qu'il avait essayé de te faire ça pendant que tu dormais sur le divan.

Écoutez-la! Tu ne sais même pas de quoi tu parles. C'était quand je faisais la vaisselle.

Oh oui. La vaisselle.

Toute seule. Dans la cuisine.

Je suis bien contente que tu ne l'aies pas laissé faire.

Oui.

C'est vrai?

C'est vrai quoi?

Que tu l'as laissé te faire ça?

C'est qui la folle?

C'est moi, je pense.

Ça, c'est sûr.

Pourtant...

Eh bien. Vas-y. Pourtant quoi?

Je me demande comment c'est.

Horrible.

Vraiment?

Oui, horrible.

Alors pourquoi est-ce que tu ne l'as pas dit à Mrs Breedlove?

Je lui ai dit!

Je ne veux pas parler de la première fois. Je veux parler de la deuxième fois quand tu dormais sur le divan.

Je ne dormais pas! Je lisais!

Tu n'as besoin de hurler.

Tu ne comprends rien, hein? Elle ne m'a même pas crue quand je lui ai dit.

Alors c'est pour ça que tu ne lui as pas parlé de la seconde fois?

Elle ne m'aurait pas crue non plus.

Tu as raison. Pas la peine de lui dire puisqu'elle ne t'aurait pas crue.

C'est ce que j'essaie de te faire entrer dans la tête.

D'accord. Je comprends maintenant. Justement.

Qu'est-ce que tu veux dire, justement?

Tu es vraiment méchante, aujourd'hui.

Tu n'arrêtes pas de dire des choses méchantes et sournoises. Je croyais que tu étais mon amie.

Je le suis. Je le suis.

Alors laisse-moi tranquille avec Cholly.

D'accord.

De toute façon, il n'y a rien de plus à dire sur lui. Il est parti.

Oui. Bon débarras.

Oui. Bon débarras.

Et Sammy est parti lui aussi.

Et Sammy est parti lui aussi.

Alors, ce n'est pas la peine d'en parler. Je veux dire, de parler d'eux.

Non. Absolument pas la peine.

Tout est fini maintenant.

Oui.

Et tu n'as plus à avoir peur que Cholly revienne te voir.

Non.

C'était horrible, hein?

Oui.

La seconde fois aussi?

Oui.

C'est vrai? La seconde fois aussi?

Laisse-moi tranquille! T'as intérêt à me laisser tranquille.

On ne peut plus plaisanter? Je disais ça pour rire.

Je n'aime pas parler de cochonneries.

Moi non plus. Parlons d'autre chose.

De quoi? De quoi est-ce qu'on va parler?

Eh bien, de tes yeux.

Oh oui. Des mes yeux. Mes yeux bleus. Laisse-moi voir encore.

Regarde comme ils sont jolis.

Oui. Ils sont plus jolis à chaque fois que je les regarde.

Ce sont les plus jolis que j'aie jamais vus.

C'est vrai ?

Oh oui.

Plus jolis que le ciel ?

Oh oui. Beaucoup plus jolis que le ciel.

Plus jolis que les yeux d'Alice et Jerry dans le livre d'histoires ?

Oh oui. Beaucoup plus jolis que ceux d'Alice et Jerry dans le livre d'histoires.

Et plus jolis que ceux de Joanna ?

Oh oui. Et plus bleus aussi.

Plus bleus que ceux de Michelena ?

Oui.

Tu es sûre ?

Évidemment que je suis sûre...

Tu n'as pas l'air très sûre...

Eh bien, je suis sûre. A moins...

A moins que quoi ?

Oh, rien. Je pensais seulement à une dame que j'ai vue hier. Ça, elle avait les yeux bleus. Mais non. Pas plus bleus que les tiens.

T'en es sûre ?

Oui. Je m'en souviens maintenant. Les tiens sont plus bleus.

Je suis contente.

Moi aussi. J'aurais détesté savoir qu'il y avait quelqu'un avec des yeux plus bleus que les tiens. Mais je suis sûre qu'il n'y en a pas. Pas par ici en tout cas.

Mais tu n'en sais rien, hein ? Tu n'as pas vu tout le monde, hein ?

Non. Pas tout le monde.

Alors il peut y avoir quelqu'un, n'est-ce pas ?

Sûrement pas.

Mais peut-être. Tu as dit « par ici ». Personne « par ici » n'a sûrement des yeux plus bleus. Et ailleurs ?

Même si mes yeux sont plus bleus que ceux de Joanna et plus bleus que ceux de Michelena et plus bleus que ceux de la dame que tu as vue, imagine qu'il y a quelqu'un loin quelque part avec des yeux plus bleus que les miens?

Ne sois pas bête.

C'est possible. Ce n'est pas possible?

Sûrement pas.

Mais imagine. Imagine loin d'ici. A Cincinnati par exemple, il y a quelqu'un dont les yeux sont plus bleus que les miens. Imagine qu'il y a deux personnes avec des yeux plus bleus.

Et alors? Tu as demandé des yeux bleus. Tu as eu des yeux bleus.

Il aurait dû les faire plus bleus.

Qui?

Mr Soaphead.

Est-ce que tu lui as dit de quel bleu tu les voulais?

Non, j'ai oublié.

Oh, alors.

Regarde. Regarde là-bas. Cette fille. Regarde ses yeux. Est-ce qu'ils sont plus bleus que les miens?

Non, je ne pense pas.

Tu as vraiment regardé?

Oui.

Voilà quelqu'un. Regarde ses yeux. Regarde s'ils sont plus bleus.

Tu es bête. Je ne vais pas regarder les yeux de tout le monde.

Il le faut.

Non.

S'il te plaît. Si quelqu'un a des yeux plus bleus que les miens, alors peut-être que quelqu'un a les yeux les plus bleus. Les yeux les plus bleus du monde.

C'est vraiment trop bête, hein?

S'il te plaît, aide-moi à regarder.

Non.

Mais si mes yeux ne sont pas assez bleus?

Assez bleus pour quoi?

Assez bleus pour... Je ne sais pas. Assez bleus pour quelque chose. Assez bleus... pour toi!

Je ne jouerai plus avec toi.

Oh, ne m'abandonne pas.

Si.

Pourquoi? T'en as marre de moi?

Oui.

Parce que mes yeux ne sont pas assez bleus? Parce que je n'ai pas les yeux les plus bleus?

Non. Parce que tu te conduis comme une imbécile.

Ne pars pas. Ne me laisse pas. Est-ce que tu reviendras si je les ai?

Si tu as quoi?

Les yeux les plus bleus. Est-ce que tu reviendras alors?

Bien sûr. Je ne m'en vais pas longtemps.

Tu le promets?

Oui. Je vais revenir. Devant tes yeux même.

C'était ainsi.

Une petite fille noire qui brûle d'avoir les yeux bleus d'une petite fille blanche, et l'horreur au cœur de son désir n'a d'égal que le mal de son accomplissement.

Nous l'avons vue parfois. Frieda et moi – après la naissance prématurée du bébé et sa mort. Après les bavardages et les lents hochements de tête. Elle était si triste à voir. Les adultes détournaient le regard; les enfants, ceux à qui elle ne faisait pas peur, riaient carrément.

Le mal était total. Elle passait ses journées, les journées de sa tendre enfance, à aller et venir, aller et venir, en secouant la tête au rythme d'un tambour si lointain qu'elle seule pouvait l'entendre. Les coudes repliés, les mains sur les épaules, elle agitait les bras comme un oiseau, dans un effort éternel, grotesque et vain pour s'envoler. Elle battait des bras, un oiseau avec des ailes mais rivé au sol, tendu vers le vide bleu qu'il ne pouvait atteindre – même pas voir – mais qui remplissait les vallées de son esprit.

Nous essayions de la voir sans la dévisager, et jamais, jamais de près. Non pas parce qu'elle était ridicule ou repoussante, ni parce que nous avions peur, mais parce que nous avions manqué à nos engagements envers elle. Nos fleurs n'avaient jamais poussé. J'étais convaincue que Frieda avait raison, je les avais plantées trop profond. Comment est-ce que j'avais pu être aussi négligente? Ainsi nous avons évité Pecola Breedlove – pour toujours.

Et les années se sont repliées comme des mouchoirs. Sammy est parti depuis longtemps; Cholly est mort en prison; Mrs Breedlove fait toujours des ménages. Et Pecola est quelque part dans la petite maison marron où sa mère et elle se sont installées, à la limite de la ville, et on peut la voir de temps en temps. Ses gestes d'oiseau se sont réduits à se frayer un chemin entre les vieux pneus et les tournesols, entre les bouteilles de Coca-Cola et les laiterons, parmi les déchets et la beauté du monde – ce qu'elle était elle-même. Tous nos déchets que nous avons entassés sur elle et qu'elle a absorbés. Et toute notre beauté, qui était d'abord à elle et qu'elle nous a donnée. Nous tous – tous ceux qui la connaissaient –, nous nous sentions si sains quand nous nous étions purifiés sur elle. Nous étions si beaux quand nous avions chevauché sa laideur. Sa simplicité nous décorait, ses remords nous sanctifiaient, grâce à sa douleur nous rayonnions de santé, grâce à sa maladresse nous pensions avoir le sens de l'humour. Son défaut de prononciation nous faisait croire à notre éloquence. Sa pauvreté nous rendait généreux. Nous utilisions mêmes ses rêves éveillés – pour imposer le silence à nos cauchemars. Et elle acceptait tout, et ainsi méritait notre mépris. Nous aiguisions nos ego sur elle, nous matelassions nos caractères avec sa fragilité et nous bâillions en imaginant notre force.

Et il s'agissait bien d'imagination, car nous n'étions pas forts, seulement agressifs; nous n'étions pas libres, simplement privilégiés; nous n'étions pas compatissants, nous étions polis; pas bons mais bien élevés. Nous courtisions la mort afin de nous prétendre courageux et nous nous cachions de la vie comme des voleurs. Nous substituions la bonne grammaire à l'intellect; nous chassions les habitudes pour stimuler la maturité; nous arrangions les mensonges et nous les appelions vérité, en voyant, dans la forme nouvelle d'une vieille idée, la Révélation et la Parole.

Elle, cependant, se réfugiait dans la folie, une folie qui la protégeait de nous parce qu'en fin de compte cela nous ennuyait.

Oh, parmi nous, certains l'« aimaient ». Ligne Maginot. Et Cholly l'aimait. Je suis sûre qu'il l'aimait. De toute façon, il l'a aimée suffisamment pour la toucher, pour la prendre dans ses bras, pour lui donner quelque chose venant de lui. Mais son contact lui a été fatal, et ce qu'il lui a donné a rempli de mort la matrice de son angoisse. L'amour ne vaut jamais mieux que celui qui aime. Les gens méchants aiment méchamment, les gens violents aiment violemment, les gens faibles aiment faiblement, les gens bêtes aiment bêtement, mais l'amour d'un homme libre n'est jamais sûr. Il n'y a pas de cadeau pour l'être aimé. Seul celui qui aime possède son don d'amour. Celui qui est aimé est dépouillé, neutralisé, figé dans l'éclat de l'œil intérieur de celui qui aime.

Et maintenant, quand je la vois fouiller dans les ordures – à la recherche de quoi ? La chose que nous avons assassinée ? Je raconte que je n'ai *pas* trop enfoncé les graines, que c'était la faute du sol, de la terre, de notre ville. Je pense même maintenant que la terre de tout le pays était hostile aux marguerites cette année-là. Cette terre est mauvaise pour certaines espèces de fleurs. Elle ne nourrira pas certaines graines, elle ne portera pas certains fruits, et quand la terre tue de sa propre volonté, nous acceptons et nous disons que la victime n'avait pas le droit de vivre. Nous avons tort, bien sûr, mais cela n'a pas d'importance. Il est trop tard. Au moins aux limites de ma ville, parmi les ordures et les tournesols de ma ville, il est beaucoup, beaucoup trop tard.

TABLE DES MATIÈRES

FSC
www.fsc.org
MIXTE
Papier issu de
sources responsables
FSC® C003309

10/18, une marque d'Univers Poche,
est un éditeur qui s'engage pour
la préservation de son environnement
et qui utilise du papier fabriqué à partir
de bois provenant de forêts gérées
de manière responsable.

Imprimé en France par CPI

N° d'impression : 2043694
Dépôt légal : septembre 1998
Suite du premier tirage : mars 2019
X04799/11